어쩌다 고양이 탐정

어쩌다 고양이 탐정

정명섭 지음

차례

01
완벽한 탐정 · 7

02
부부의 고양이 · 61

03
밀실의 고양이 · 133

작가의 말 · 211

01

완벽한 탐정

그야말로 타고난 탐정이었다. 머리끝부터 발끝까지 더할 나위 없는 탐정이라고 말할 수 있었다. 탐정처럼 생겼고, 탐정처럼 행동했다. 수식어도 필요 없었다. 한때는 완전무결하다는 뜻으로 '완벽한 탐정'이라 불렸다. 가끔 줄여서 '완탐'이라고도 했다. 하지만 의뢰인 중 한 명이 귀가 어두웠는지 탐정의 소개를 듣고는 엉뚱한 소리를 했다.

"네? 완탕이요? 저 그거 완전 좋아하는데."

그 후 탐정은 더는 '완벽한 탐정'이나 '완탐'이라는 말을 쓰지 않았다. 단지 '탐정'이라고만 말했다. 그리고 더없이 완벽하고 흠잡을 것이 없었지만 그 완벽함이 탐정의 발목을 잡았다.

"아니, 내가 보험사기 잡아 달라고 했지, 그 사기범이랑 내가 아는 사이인 걸 밝히라고 했습니까? 그래요. 같이 술 마셨습니다. 그런데 그게 어쨌다고요. 당신이 이상하게 나불대는 바람에 보험회사에서 재조사한다고 하잖아요. 어떡할 거예요?"

"이 아저씨가 진짜, 내가 그 새끼 바람피운 증거 잡아 달라고 했잖아요. 왜 내 사생활을 캐요? 그러니까 그 새끼가 바람을 피운 게 나 때문이라 이거예요? 어이가 없어서, 흥신소면 흥신소답게 시키는 일만 하라고요! 완벽한 탐정은 무슨! 지랄하네."

보험사기 의뢰인과 남편이 바람피우는 증거를 찾아 달라고 했던 아줌마의 악담을 연달아 들은 이후 의뢰는 거짓말처럼 끊겼다. 완벽해도 너무나 완벽한 게 문제였던 셈이다. 사실 사건은 대부분 의뢰인과 직간접적으로 연결되는 경우가 많았다. 따라서 범행을 쫓다 보면 자연스럽게 의뢰인이 감추고 싶은 비밀까지 알아내기도 했다. 문제는 의뢰인이 자신의 비밀은 감추고 싶어 한다는 점이다.

의뢰인의 발길이 뚝 끊겼다. 탐정으로서 할 일이 사라졌다는 막막함에 고민하던 찰나, 꼬르륵 소리가 났다. 배를 채울 시간이었다. 사무실 문을 잠그고 밖으로 나온 탐정은 길을 걸었다. 자주 가던 중국집에 갔지만 '폐업'이라는 종이쪽지만 그를 맞이했다. 안 그래도 지난주에 갔을 때 단무지 상태를 보고 오래갈 것 같지 않다는 생각을 했다. 다만 탕수육 소짜를 먹을 수 있는 쿠폰들을 쓸 수 없다는 게 아쉬울 뿐이었다. 어쩔 수 없이 아파트 상가에 있는 식당까지 가려고 골목길을 좀 더 걸었다. 대낮이라 인적이 드문 편이어서 그런지 골목의 소음이 더 크게 들렸다. 소리가 들리는 곳은 아파트와 붙어 있는 다세대주택 중 하나였다.

아파트와 다세대주택 사이에는 담장과 철조망으로 이뤄진 경계가 있었다. 그 공간은 마치 비무장지대 같았다. 그 비무장지대에는 온갖 불량 청소년과 불륜 남녀, 길고양이들이 몰려들었다. 혹시나 수상한 일이 벌어지는 건 아닐까 하는 생각에 탐정은 발걸음을 멈추고 고개를 살짝 들이밀었다. 한눈에 봐도 불량해 보이는 학생이 바닥에 침을 찍 뱉으면서 물었다.

"뭘 봐요? 아저씨."

추리에는 자신 있지만 몸싸움이나 미행같이 몸으로 뛰는 일에는 영 소질이 없던 탐정은 움찔했다.

'거리에 침 뱉으면 경범죄, 과태료 3만 원.'

그 모습을 본 순간 떠올랐지만 탐정은 그걸 입 밖으로 말할 만큼 어리석지는 않았다. 다행히 불량 학생도 대답을 듣기 위해서 물은 건 아니었는지 곧장 패거리가 있는 쪽으로 돌아갔다.

탐정은 불량 청소년들이 선량한 학생을 괴롭히는 건 아닌지 눈여겨봤다. 그런데 그들의 목표물은 비무장지대의 또 다른 거주민인 길고양이였다. 오늘 희생양은 흔하게 볼 수 있는 삼색 얼룩 고양이였다. 패거리 중 한 명이 꼬리를 붙잡고 들었다 놨다 하면서 낄낄거렸다. 꼬리를 잡힌 가련한 고양이는 발버둥을 치는 중이었지만 벗어나기가 쉽지 않아 보였다. 그 모습을 지켜보던 탐정은 조용히 뒷걸음질을 쳤다. 사람들의 시선을 별로 무서워하지 않는 모습인 데다가 학교가 끝나기 전에 모인 걸 보면 대놓고 불량 청소년이었기 때문이다. 탐정이 어둠의 무리에게서 벗어나 안도의 한숨을 쉬는 순간, 누군가의 발등을 밟았다. 손으로 자신의 입을 막은 탐정이 고개를 돌리자 아가씨인지 아줌마인지 알 수 없는 여성과 눈이 마주쳤다. 그 여성은 파마머리에 초롱초롱한 눈빛, 촌스러운 주황색 티셔츠에 과감한 핫팬츠를 입고 있었다. 발가락에 끼우는 낡은 슬리퍼를 신었고, 티셔츠에는 김치 국물인지 짬뽕 국물인지가 묻어 있었다. 차림새로 봐서는 이 동네 주민이 분명했다. 미심쩍은 눈으로 탐정을 바라본 여자가 물었다.

"누……구세요?"

"탐정입니다."

상대방의 찜찜한 눈빛을 본 탐정이 힘주어 말했다.

"한여름에 바바리코트 입고 있어서 바바리맨인 줄 알았어요."

위아래로 훑어보며 툭 내뱉은 그녀의 말에 탐정이 씩 웃었다.

"탐정에게 바바리코트는 갑옷이나 다름없죠."

어색한 분위기를 깨기 위한 전략적인 농담이었지만 그다지 효과는 없었다. 그녀가 의심을 거두지 않는 표정으로 입을 열었다.

"성아영이라고 해요. 저쪽 아파트에 살아요."

"그러시군요."

여전히 매의 눈으로 탐정을 살피던 성아영은 탐정의 등 뒤에서 고양이 울음소리가 들리자 그것에 온 신경을 빼앗겼다. 탐정은 자신을 지나쳐 소리가 들리는 쪽으로 살금살금 다가가는 성아영의 뒤를 따라갔다. 다세대주택 모서리에 바짝 붙은 그녀는 뒤따라온 탐정의 기척을 느끼고는 흠칫 놀랐다.

"뭐 하세요?"

"뭐 하는지 관찰하는 중입니다."

어이가 없다는 표정을 지은 뒤 성아영은 방금 전 탐정이 봤던 불량 고딩들을 바라봤다.

"완전 또라이들이네. 왜 애꿎은 고양이를 가지고 저 지랄이야."

성아영의 거친 말에 놀란 탐정은 속으로 '지랄이 풍년'이라고 생각했다. 그런 그에게 성아영이 말했다.

"저 양아치 새끼들 그냥 보고만 있을 거예요?"

"평화주의자라서요. 말썽은 싫습니다."

"뭐라고요?"

좀 전의 그 어처구니없다는 표정으로 바라본 성아영이 고막을 찢는 듯한 고양이의 비명을 듣고는 곧장 행동에 나섰다.

"야! 너희들 어느 학교 다녀? 요즘 동물학대죄가 얼마나 크게 처벌받는지 알아?"

"우린 학교 안 다녀요. 갈 길 가세요. 아줌마!"

미성년자를 상대로 협박을 하다니, 고개를 절레절레 흔든 탐정은 조용히 자리를 벗어났다. 그리고 되도록 멀리 가서 점심을 먹기로 결심했다. 이 소동이 가라앉은 후에 돌아와야 했으니 말이다.

소동 아닌 소동이 지나가고 며칠 동안 동네는 고요했다. 가끔 발정이 났는지 자리싸움을 하는지 모를 고양이들의 신경질적인 울음소리만이 적막을 깰 뿐이었다. 며칠째 의뢰인이 찾아오지 않자 탐정은 일찍 들어가서 낮잠이나 자기로 했다. 옷걸이에 걸어 두었던 바바리코트를 입고 갈색 모자를 푹 눌러쓴 탐정은 사무실 밖으로 나갔다. 여느 때처럼 한적한 골목길을 걷는데 맞은편에서 오던 할머니가 아는 척을 했다. 유모차처럼 생긴 보행기에 의지한 것으로 봐서는 상당히 나이가 많았고, 꽃무늬 일바지에 회색 카디건을 걸친 모습이 어쩐지 익숙했다. 탐정이 어정쩡하게 인사를 하자 할머니가 앙상한 잇몸을 드러내며 활짝 웃었다. 카디건 왼쪽 가슴팍에 작은 십자가 배지가 붙어 있고, 보행기 위에 성경이 있는 것으로 봐서는 기독교 신자가 틀림없었다.

"어이구, 탐정 양반, 오랜만이야."

탐정인 것을 아는 걸 보면 동네 사람이 분명한데, 어떻게 탐정이라는 걸 아는지 궁금했다. 이 동네는 아파트 단지와 다세대주택이 밀집한 서울 변두리라 유독 노인들이 많았다. 탐정이 걸음을 멈추자 할머니가 가쁜 숨을 몰아쉬면서 입을 열었다.

"일은 좀 어때?"

모르는 사이인데 반말로 묻는 게 불편했지만 탐정은 예의 바른 이미지를 유지하기 위해 꾹 참고 대답했다.

"요즘 좀 한가해졌습니다. 교회 갔다 오세요?"

"그럼, 예수님 만나고 왔지. 거, 사람 찾는 일 한다고 들었는데 말이야."

"뭐, 비슷합니다."

"흥신손가 뭔가 하는 건가?"

"아뇨, 그런 거랑은 다릅니다."

탐정이 딱 잘라 대답하자 할머니가 머쓱한 표정을 지었다.

"어쨌든 부탁 하나 하겠네. 뭘 좀 찾아 줘."

"그 얘기 하시려고 일부러 이쪽까지 오신 거죠?"

"어떻게 알았어? 그걸?"

할머니는 놀란 얼굴로 물었고, 탐정은 미소를 지었다.

"할머니 숨소리 때문에요. 보행기를 쓸 정도로 몸이 불편하신데 숨이 가쁠 정도로 빨리 걸어오셨잖아요. 저를 보고 급히 움직이신 거죠. 그리고 옷에 달린 배지는 진광교회 건데 거긴 지금 예배 시간이거든요. 그러니까 할머니는 예배 시간 중간에 나와서 숨이 가쁠 정도로 빨리 제 앞에 오신 겁니다."

"아이고, 무슨 점쟁이같이 그리 잘 맞춰."

할머니의 칭찬에 탐정은 살짝 어깨가 으쓱해졌다. 잔기침을 뱉어 낸 할머니가 그런 탐정을 올려다봤다.

"요새 몸이 옛날 같지가 않아. 자네를 만나고 싶어서 일부러 사무실로 가던 중인데 마침 길에서 봐서 한걸음에 왔지. 우리 복실이 좀 찾아 줘."

"복실이라, 이름을 들어 보니까 최소 사십 대 이상의 여성인 거 같네요. 할머니 연세를 생각하면 따님인가 보군요. 일단 실종자는 경찰서에서 찾는 게 제일 빠릅니다."

"그, 그래?"

"네, 여기서 제일 가까운 경찰서는 진광교회에서 큰길로 쭉 내려가면 중간 네거리 오른편 LA치킨 옆에 있습니다."

경찰서 위치를 알려 준 탐정은 재빨리 가던 길을 가려 했다.

"아냐, 아냐."

그때 할머니가 잔뜩 가래 긴 목소리로 말했다.

"복실이는 사람이 아니라 고양이야, 고양이."

한 방 맞은 얼빠진 표정으로 탐정은 할머니를 바라봤다. 할머니가 보행기 위에 올려놓은 성경을 펼쳐서 사진 한 장을 꺼내 들이밀었다.

"열 살이 넘었으니까 나이를 많이 먹긴 먹었지."

낡은 사진에는 얼룩덜룩한 고양이와 지금보다 약간 젊은 시절의 할머니가 찍혀 있었다. 아래쪽에서 들이댄 카메라를 보고 있었는데, 할머니는 겸연쩍고 쑥스러운 얼굴이었다. 할머니에게 붙잡힌 채 렌즈를 쳐다본 고양이는 세상만사가 귀찮은 표정이었다. 고양이의 목에 걸린 붉은색 목걸이에는 하트 모양의 장식품이 달려 있었다. 사진을 도로 성경에 끼워 넣은 할머니가 말했다.

"같이 지낸 지가 십 년이 넘었어. 남편이랑 큰애가 나란히 세상을 떠난 다음부터였지. 계속 가위에 눌렸는데, 정식이 엄마가 고양이를 기르면 좋아진다고 해서 길렀던 거야. 고양이가 귀신을 본다나 어쩐다나."

"효과가 있었나요?"

"몰라, 오래전 일이라. 그런데 어제 청소한다고 문을 잠깐 열어 놨는데 밖으로 나가 버렸어. 내가 젊었으면 쫓아나가서 잡았을 텐데, 허리도 안 좋고 무릎도 이 모양이라."

"그러니까 저보고 고양이를 찾아 달라는 말씀이세요?"

"통장한테 물어보니까 마침 우리 동네에 탐정이 있다고 해서 말이야."

"저는 사람을 찾지, 동물은 찾지 않습니다."

일이 꼬일 것을 염려한 탐정은 딱 잘라 거절했다. 어디서 본 것도 같은 이 할머니의 사연을 더 듣다가는 낮잠도 못 잘 것 같았다. 하지만 몇 발자국 떼기도 전에 할머니의 말이 발목을 잡고 말았다.

"사례금 같은 건 넉넉히 줄게. 가족처럼 의지하고 살았는데 하루 아침에 잃어버리고 나니까 세상이 무너지는 것 같더라고. 그저 늙으면 죽어야지."

더는 듣고 싶지 않았지만 갑자기 텅 빈 지갑이 떠올랐다. 마지막 두 의뢰인에게 잔금을 받지 못해서 사무실 임대료는 물론 집 월세를 내지 못할 수도 있다는 생각이 든 것이다. 거기다 의뢰가 당분간 안 들어올 가능성이 높았기 때문에 적은 돈이라도 벌어 두는 게 좋았다. 마음을 바꾼 탐정은 싱긋 웃으면서 돌아섰다.

"무슨 그런 말씀을 하세요. 할머니 집으로 가서 얘기를 더 나눠 봐요."

"복실이 찾아 준다고?"

"일단 현장, 아니 집을 좀 보고요."

"역시 탐정은 다르구먼."

할머니의 칭찬 세례에 조금 기분이 좋아진 탐정이 물었다.

"근데 어디 사세요?"

탐정의 물음에 할머니가 정색을 했다.

"어디 살긴, 옆집에 살잖아."

"아! 어쩐지……."

그제야 탐정은 이 할머니가 옆집에서 매일 기도하는 할머니라는 걸 알아차렸다. 민망해진 탐정은 집에 도착할 때까지 아무 말도 하지 못했다.

할머니가 사는 집 안은 마치 붕어빵처럼 그의 집 구조와 똑같았다. 문을 열고 들어가면 부엌 겸 거실이 있고, 오른쪽부터 큰방과 작은방, 화장실이 다닥다닥 붙어 있었다. 열다섯 평 남짓한 집 안 곳곳에 할머니의 지나간 시간이 보였다. 안방 벽에는 하얀 안전모에 선글라스를 낀 중년의 남성이 옆구리에 손을 올리고 찍은 사진이 걸려 있었다.

"영감. 옛날에 토목 일을 했어."

창가의 앉은뱅이책상에는 나무로 만든 십자가상과 예수님이 그려진 그림, 아까 봤던 것보다 더 큰 성경책이 놓여 있었다. 성경책옆에는 하얀색 전화기와 교회 이름이 찍힌 메모지가 있었다. 방의 나머지는 침대와 옷장, 자개로 장식된 낡은 화장대가 차지했다. 그냥 먹고, 잠자고, 교회를 다니는 것 외에는 아무것도 하지 않는 할머니의 하루가 눈에 그려졌다. 안방을 대략 살펴본 탐정이 문 앞에 엉거주춤 서 있는 할머니에게 물었다.

"고양이가 있던 곳은 어딥니까?"

"복실이는 작은방에 있었어."

안방의 절반 크기 정도 되는 작은방에는 건조대를 비롯해서 짐들로 가득했다. 한쪽 구석에는 고양이가 썼던 것으로 보이는 낡은 이동장과 사료 포대, 분홍색 식기들이 어지럽게 놓여 있었다. 벽지에는 고양이가 발톱으로 긁은 흔적들이 남아 있었고, 상자 안에 든 모래에도 고양이가 배설한 것들이 보였다. 문가에 서 있던 할머니가 눈물을 훔쳤다. 현장을 확인한 탐정이 물었다.

"고양이가 없어진 시간이 정확히 언젭니까?"

"어제 오후였어. 이 시간쯤이었을 거야."

"청소하려고 열어 놓은 문으로 나갔다고요?"

"응. 미세먼지가 심하다고 해서 며칠 동안 창문을 닫아 놨어. 그래서 오랜만에 청소하려고 창문을 열고, 좀 이따 쓰레기 버리려고 문을 열었는데, 고 짧은 틈에 밖으로 뛰쳐나갔지 뭐야."

"나가서 어디로 갔어요?"

"계단까지는 절뚝거리면서 따라 내려갔는데 어디로 갔는지는 못 봤어. 큰길 쪽에 앉아 있던 박 여사한테도 물어봤는데 고양이를 못 봤대."

"그럼 길림아파트 쪽으로 갔겠네요."

"모르겠어."

"고양이를 찾아 주는 사람은 뭐래요?"

놀란 할머니의 입에서는 사투리가 튀어 나왔다.

"워매, 그건 어찌 알았냐?"

"전화기 옆 메모지에 휴대전화 번호가 있고, 그 위에 고양이 찾아 주는 사람이라고 적힌 거 봤어요."

"아이고, 난 또 신통력이라도 있나 했네. 교회 처자가 레옹인가 냐옹인가 하는 사람을 소개해 줬어. 난 이름이 그래서 코쟁인 줄 알았더니 우리말을 하는 이가 전화를 받더라고."

"그 사람한테 찾아 달라고 하지 그러셨어요."

탐정의 말에 할머니가 손사래를 쳤다.

"얘기를 했는데 다짜고짜 화를 내는 바람에 그냥 전화를 끊었어. 돈도 많이 달라고 하대."

"얼마나요?"

"많이, 십일조도 겨우 내는데 그렇게 많은 돈을 어떻게 내."

그 뒤로도 할머니의 말이 이어졌지만, 탐정은 현장을 관찰하는데 집중했다. 고양이가 왜 집 밖으로 달아난지는 알 수 없었다. 아마 습성이거나 집에서 어떤 위협을 받고 도망쳤을 수도 있다. 문제는 고양이라는 점이었다. 사람이 실종되었다면 찾아다니며 사람들에게 물어보거나 경찰의 협조를 얻어서 자동차 블랙박스와 CCTV로 확인할 수 있다. 거기다 실종자의 주변을 살펴보면 무슨 이유로 사라졌는지도 알 수 있다. 하지만 고양이는 그런 수단을 동원할수 없다. 약간 고소공포증이 있는 탐정은 높은 담장을 사뿐하게 걷는 고양이를 쫓아갈 자신도 없다. 하지만 지금 포기해 버린다면 사례금을 받을 수 없다. 빈 고양이 식기를 내려다보면서 고민에 빠져 있던 탐정은 등 뒤에서 들리는 짤랑거리는 소리에 고개를 돌렸다. 할머니가 해맑게 웃으며 커다란 돼지 저금통을 흔들고 있었다.

"착수금."

중절모에 바바리코트를 입은 탐정이 커다란 돼지 저금통을 품에 안고 걸어가는 모습은 웃음거리가 되기에 충분했다. 하지만 당장 돈이 급했던 탐정은 중절모를 푹 눌러쓴 채 창피함을 이겨 냈다. 마음 한편에는 이번 사건에 도전해 보고 싶은 욕심이 있는 것도 사실이었다. 고양이는 말이 안 통하고 어떻게 움직였을지 헤아리는 것도 어려운 존재였다. 예측할 수 있는 인간과는 달라서 새로운 흥미를 느꼈다. 사무실로 돌아온 탐정은 컴퓨터를 켰다. 그리고 고양이에 대한 정보를 검색했다. 다행히 '고양이 디바'라는 이름의 블로거가 잘 정리해 놓은 글을 찾아냈다.

"어디 보자. 고양이는 포유류로서 고양잇과에 속한다. 인간이 애완용으로 기르는 것은 모두 아프리카의 리비아고양이를 사육한 것이다. 전 세계에 2억 마리가 넘게 있다. 지금으로부터 5천 년 전 이집트인이 아프리카 북부 리비아 지역에 사는 고양이를 기르기 시작했다."

한창 집중하려고 할 때 밖에서 고양이 우는 소리가 들려왔다. 날카로운 울음소리가 신경에 거슬려 탐정은 한숨을 푹 쉬었다.

"지금 너희들 친구 찾고 있거든. 그러니까 좀 조용해라."

거기에 응답하듯 울음소리가 잠시 줄어들었다. 탐정은 다시 검색한 글을 읽었다.

"고양이는 흔히 단모종과 장모종으로 나뉜다. 단모종은 태국 왕실에서 키웠다는 시암고양이부터 아비시니안, 버마고양이 등이 있다. 장모종으로는 페르시아고양이가 있다. 우리나라 고양이로는 코리안 쇼트헤어, 줄여서 코숏이 대표적이다."

새로 알게 된 사실이라 흥미롭게 읽는데 다시 고양이들이 힘차게 울기 시작했다. 잠시 짜증을 내다가 포기하고 계속 읽었다.

"코숏은 완전 검정, 삼색이, 카오스, 턱시도, 치즈, 고등어, 젖소까지 7종으로 나뉜다. 아니, 토종이라며 왜 이렇게 영어 이름이 많아?"

툴툴거린 탐정은 다시 집중해 읽었다.

"완전 검정은 글자 그대로 온몸이 검은 고양이고, 삼색이는 세 가지 색깔이 섞여 있어서 그렇게 부른다. 카오스는 아주 많은 색깔을 가진 고양이고, 턱시도는 등을 비롯해 몸의 대부분이 검정색이면서 살짝 흰색이 섞인 것을 뜻한다. 치즈는 노란색과 흰색의 중간인 치즈색을 가진 고양이로 '치즈 태비'라고도 한다. 고등어는 갈색과 노란색을 가진 고양이를 뜻한다. 젖소는 턱시도와 비슷한데 온몸에 흰색이 반점처럼 퍼져 있다. 아, 그러면 할머니 고양이는 삼색이군."

항상 들고 다니는 탐정수첩에 메모한 탐정은 저금통과 함께 받아 온 고양이 사진을 꺼내서 책상에 올려놨다. 세 가지 색이 섞인 모습이었다. 할머니 말로는 십 년 넘게 살뜰히 돌봐 줬다는데 단 몇 초 사이에 열린 문 밖으로 나가 버렸다니. 길고양이들이 어떤 삶을 사는지 몰랐던 걸까? 탐정은 피식 웃으며 중얼거렸다.

"빼빼용도 아니고."

호기심과 저금통의 유혹에 못 이겨 의뢰를 받긴 했지만 탐정이 되고 나서 처음으로 막막했다. 탐정은 그동안 창백한 얼굴로, 아니면 지푸라기라도 잡는 간절한 마음으로 자신을 찾아온 의뢰인들을 만나 왔다. 그들 중 절반은 의뢰를 하긴 하지만 해결하지는 못할 것이라는 속마음을 고스란히 드러냈다. 하지만 탐정은 의뢰받은 사건을 해결하는 것에 별다른 어려움이 없었다. 왜냐하면 의뢰인의 얘기와 주변 사람의 대답 속에 해결의 실마리가 있었기 때문이다. 그런데 이번 사건은 의뢰인에게 들을 수 있는 얘기는 거의 없었고, 그 고양이의 특이점을 기억할 만한 목격자를 찾는 것도 어려웠다. 그 생각을 하니 한숨이 저절로 나왔다.

"고양이가 집 나간 게 죄는 아니잖아. 그냥 밖에서 살고 싶어서 그런 걸 수도 있는데 말이야."

사실 할머니의 집은 살기 좋은 곳은 아니었다. 햇볕도 잘 들지 않았고, 환기를 잘 시키지 않은 탓인지 곰팡이 냄새도 났다. 그렇다고 해도 바깥과 비교할 정도는 아니었다. 그 부분에서 막혀 버린 탐정은 수첩을 가만히 내려다보면서 생각에 잠겼다. 그러는 와중에 잠시 그쳤던 고양이들의 울음소리가 다시 들려오자 더는 참지 못하고 말았다. 벌떡 일어난 탐정은 창문을 드르륵 열어젖혔다. 창문 바깥의 담장 위에서 서로 노려보던 치즈와 삼색이가 화들짝 놀라 아래로 뛰어내렸다. 창밖으로 고개를 내민 탐정은 흥분해서 소리를 빽 질렀다.

"해 지고 나서 주거지에서 떠드는 건 경범죄야!"

고양이들은 여전히 대답이 없었다. 마음을 가라앉힌 탐정은 자리로 돌아와서 나머지 글을 읽었다.

"고양이는 야행성으로 대체로 혼자서 지낸다. 1년에 2~3회 번식할 수 있으며, 수명은 대략 15~20년이다. 드물게는 30년 넘게 살기도 한다. 하지만 우리나라 길고양이의 수명은 2~3년 정도로

추정된다."

블로그 주인은 자신이 기르던 고양이들의 사진과 생존 기간을 적었다. 하얀색 페르시아고양이부터 코숏 치즈까지 다양한 종류의 고양이 사진이 있었다. 고양이를 아주 오랫동안 기른 사람이었다. 문득 블로그 주인의 정체가 궁금해진 탐정은 프로필 사진을 확인했다. 주인은 여성으로, 지금 기르고 있는 코숏 턱시도로 얼굴을 절반 넘게 가리고 있었다. 피부나 머리 모양을 봐서는 20대 후반 정도로 보였다. 배경으로는 창문이 보였는데 연한 색 커튼이 묶여 있었고, 어떤 장식물 같은 것이 드리워 있었다. 탐정은 자신도 모르게 블로그 주인을 관찰하고 있는 스스로의 모습에 씩 웃고 말았다. 그리고 글을 마저 읽었다.

"고양이는 잡식성 동물이다. 대체로 생선이나 닭고기 같은 단백질을 좋아하는데 부분적으로는 탄수화물을 선호하기도 한다. 하지만 닭 뼈는 뾰족하게 부서져서 식도나 내장을 상하게 할 수 있기 때문에 주지 말아야 한다. 고양이는 기본적으로 혼자서 살기 때문에 어느 정도 자라면 부모와 떨어져서 지낸다. 따라서 생후 3개월 정도면 데리고 와서 기를 수 있다. 중성화 수술을 하는 시기는 생후 10개월에서 1년 사이가 적당하다. 중성화 수술을 하면 발정을 하지 않기 때문에 주택가에서 기르기 쉽다."

그 밖에도 고양이의 습성과 생태, 자신이 길렀을 때 느낀 점 등이 적혀 있었다. 내친 김에 블로그 주인이 소개한 고양이 관련 커뮤니티 몇 군데에 가입한 탐정은 시간 가는 줄 모르고 고양이에 관한 글을 읽었다. 키우는 사람의 애정이 가득한 글을 읽으면서 탐정은 점점 궁금증이 생겼다.

"자기 돈 쓰고 애완동물을 기르면서 '집사'라고 하는 건 또 뭐야?"

탐정은 혀를 끌끌 찼다. 글을 훑어보는 가운데 '레옹'이라는 이름이 눈에 띄었다. 고양이 커뮤니티에는 대부분 사라진 고양이를 찾는 방법이나 경험담을 올리는 게시판이 따로 있었다. 거기에는 고양이를 전문적으로 찾아 주는 사람에 대한 얘기도 올라와 있었다. 레옹은 '고양이 탐정' 중에서 가장 유명한 인물이었다.

"쳇, 고양이를 찾는 것도 탐정 일에 들어가나?"

'탐정'이라는 단어가 너무 쉽게 쓰인다는 생각에 살짝 짜증 난 탐정은 후기 몇 개를 읽어 봤다. 아주 잘 찾아 준다는 내용도 있었지만, 너무 무례하고 사례금이 비싸다는 얘기도 올라와 있었다. 읽다 보니 레옹이 언론사와 인터뷰한 것까지 찾아서 읽었다. 그러다 벌써 한밤중이 됐음을 깨달았다. 컴퓨터를 끈 탐정은 사무실을 나와 집으로 향했다. 어둑해진 골목길을 걸으면서 혹시나 할머니의 고양이를 볼 수 있지 않을까 싶어서 두리번거렸지만 고양이 그림자도 보이지 않았다.

집을 나간 고양이를 찾을 수 있는 것은 고양이의 독특한 습성 때문이라는 레옹의 글이 떠올랐다.

"고양이가 집을 나간 것은 충동과 습성 때문입니다. 그래서 집을 나간 이후에도 자신의 영역에서 벗어나려고 들지 않죠. 대략 반경 500미터에서 1킬로미터 사이 자신이 안전하다고 생각하는 곳에 숨어 있습니다. 그러다가 다른 고양이에게 쫓겨나면서 그곳을 떠납니다. 그러니까 자기 영역에 머무는 시간이 바로 골든타임입니다."

탐정은 집으로 돌아오면서 계속 골든타임을 되뇌었다. 현관 옆 우편함에 고지서가 몇 개 꽂혀 있었다. 날짜를 확인한 탐정은 내일 할 일을 정했다.

이튿날, 눈을 뜬 탐정은 나갈 준비를 바삐 하고 집을 나섰다. 나갈 때 할머니에게 착수금으로 받은 돼지 저금통을 챙겼다. 주머니에는 고지서 여러 장이 들어 있었다. 돼지 저금통에 있는 돈으로 공과금을 낼 생각이었다. 하지만 탐정의 계획은 시작부터 어긋나 버렸다. 허리에 가스총을 찬 은행 청원경찰이 손사래를 친 것이 시작이었다.

"지금은 동전을 바꾸는 시간이 아닙니다."

"은행은 언제 어느 때나 동전을 바꿔 줘야 하는 거 아닌가요?"

탐정이 따지자 청원경찰은 단호한 표정으로 말했다.

"동전을 일일이 세려면 얼마나 시간이 오래 걸리는데요. 금액을 정리해서 오후 3시 이후에 오십시오."

청원경찰은 정말 철통같이 막았다. 탐정은 무거운 돼지 저금통을 품에 안고 다시 나와야 했다. 이대로 돌아갈 수 없다 싶어서 다른 은행을 몇 군데 더 다녀 봤지만 돌아오는 대답은 비슷했다. 이런 이유로 계획이 틀어질 것이라 생각지 못해 당황한 탐정은 일단 사무실로 발걸음을 돌렸다. 그러다가 큰길 네거리에 있는 은행이 눈에 띄었다. 마지막이라는 심정으로 용기를 내서 들어갔다. 뜻밖에 경비원도 보이지 않았고, 손님도 별로 없었다. 탐정은 속으로 '개이득'이라고 외치며 창구로 걸어갔다. 체크무늬 유니폼에 파마 머리를 한 은행원이 창구에 앉아 있었다. 은행원은 탐정이 창구 책상에 쿵 내려놓은 돼지 저금통을 보고 눈을 껌뻑거렸다.

"동전 바꾸러 왔습니다."

"이거 130번지 사는 할머니 것 같은데, 아저씨 거 맞아요?"

갑작스러운 질문에 탐정은 깜짝 놀랐다.

"그 할머니가 주셨어요. 이제는 제 겁니다."

은행원은 대답을 듣고서도 여전히 의심쩍은 눈초리로 봤다.

"할머니가 무척 아끼시던 건데요."

"어떻게 그걸 아십니까?"

은행원은 탐정을 똑바로 보면서 말했다.

"같은 교회 다녀요."

은행원이 자세를 바르게 고쳐 앉는 것을 보다가 우연히 가슴팍의 이름표로 시선이 갔다. 탐정은 보고도 믿기지 않아 자신도 모르게 입 밖으로 소리를 냈다.

"성아영?"

그러자 은행원의 눈도 휘둥그레졌다.

"어, 우리 동네 탐정?"

"맙소사!"

탐정은 어제와는 다른 성아영을 보고는 입을 다물지 못했다. 얼굴을 못 알아볼 정도로 심하게 화장을 하지는 않았지만 머리가 단정해지고 옷차림이 바뀌면서 분위기가 완전히 달라진 것이다. 잠시 어색한 분위기가 흘렀다. 먼저 입을 연 쪽은 성아영이었다.

"할머니가 이걸 왜 아저씨한테 준 거죠?"

"아저씨가 아니라 탐정입니다."

"알았으니까 대답이나 하세요. 탐정 아저씨."

"고양이를 찾아 달라는 부탁을 하셨어요. 착수금으로 받은 겁니다."

"복실이요? 엊그제 교회에서 잃어버렸다는 얘기를 하셔서 고양이 탐정을 소개해 드렸는데요."

"레옹 말씀이시죠? 할머니가 통화는 하셨다는데, 그 양반이랑 얘기가 잘 안 됐나 봅니다."

그제서야 성아영의 표정이 부드러워졌다.

"그런데 탐정이 고양이도 찾아 줘요?"

"가끔 예외도 있는 법이니까요."

"복실이를 찾아 준다고 약속하면 이 돼지 저금통을 받을게요."

"탐정은 약속 같은 거 안 합니다."

"왜요?"

"진실이 항상 아름다운 법은 아니거든요."

성아영은 도대체 무슨 말인지 모르겠다는 얼굴이었다. 그녀는 돼지 저금통을 들고 뒤편에 있는 금고로 들어갔다.

"저기 의자에서 잠깐 기다리세요."

성아영은 10분쯤 지나서 나타났다. 그녀가 봉투를 내밀었다.

"8만 원 정도였는데 제가 10만 원으로 맞춰 드렸어요. 그러니까 복실이 꼭 찾아 주세요."

"노력해 보겠습니다."

봉투를 챙기고 일어서려는데, 성아영이 말했다.

"내일 월차 냈어요. 오후부터 같이 찾아봐요."

"말씀은 고맙습니다만 혼자가 편합니다."

"혼자 있는 거 좋아하는 걸 보면 꼭 고양이 같아요."

자존심을 조금 구긴 탐정은 아무 말 없이 밖으로 나왔다. 그리고 처음 갔던 은행으로 가서 공과금을 냈다. 그러자 바꾼 돈은 절반 이하로 훅 줄었다. 사무실로 돌아온 탐정은 컴퓨터를 켰다. 그리고 레옹이 강조했던 고양이 찾을 때의 골든타임을 떠올리며 집 주변 지도를 살폈다.

"집을 나온 고양이가 숨어 있을 법한 곳은 조용하고 어두운 곳, 사람의 왕래가 적으며, 외부에서 눈에 잘 띄지 않는 곳이다."

1시간 정도 위성지도로 동네를 살펴본 탐정은 그런 장소를 468곳쯤 찾았다. 그러고도 더 나올 기미가 보이자 탐정은 탐색을 멈췄다. 너무 많은 정보는 오히려 혼란을 불러일으켜서다.

범인은 수사가 시작되면 아주 도망쳐서 자취를 감추거나 구경꾼처럼 주변을 어슬렁거린다. 그래서 현장에 범인이 나타난다는 오랜 속설이 존재하는 것이다. 그런데 요즘은 범인을 찾을 수 있는 각종 정보를 손쉽게 얻게 되면서 혼란이 더 커졌다. 그런 이유로 탐정은 필요한 정보만 구했다. 그것만으로도 범인을 잡는 데는 아무런 문제가 없었다. 하지만 '고양이'라는 알 수 없는 존재는 여러모로 골치가 아팠다.

"일단 발로 뛰어 보자."

드디어 탐정은 사무실을 나왔다. 첫 번째로 찾아볼 곳은 할머니의 집부터 길림아파트로 이어지는 골목길이었다. 일직선으로 뻗은 골목길 좌우로는 다세대주택이 가득했다. 그리고 다세대주택에는 고양이들이 숨기 좋은 에어컨 실외기와 자동차, 야트막한 담장 뒤편의 반지하 출입문, 화단들이 복병처럼 숨어 있었다. 탐정은 화단 사이에서 찾다가 화분을 하나 깨 먹었고, 두 번째로 살피던 자동차에는 흠집을 내고 말았다. 에어컨 실외기 쪽을 보느라 담장을 밟고 베란다에 올라갔다가 미끄러지는 바람에 떨어지기도 했다. 다행히 담장 아래 있던 쓰레기봉투 위로 떨어져서 크게 다치지는 않았지만 바바리코트에 냄새가 뱄다. 잔뜩 인상을 찡그린 채 바바리코트를 툭툭 털던 탐정은 누군가의 시선을 느꼈다. 시선을 보낸 건 맞은편 다세대주택 창가에 서 있는 여자아이였다. 개구리가 그려진 분홍색 티셔츠에, 구불거리는 머리카락이 어깨를 살짝 덮은 여자아이는 팔로 턱을 괸 채 흥미진진한 표정으로 그를 바라보고 있었다. 그러고는 새침하게 물었다.

"아저씨, 도둑이에요?"

"아니, 탐정이야."

"근데 왜 도둑처럼 살금살금 동네를 왔다 갔다 해요?"

"고양이 찾느라고."

"우리 동네 고양이 많은데."

"내가 찾는 고양이는 따로 있어. 다른 고양이는 관심 없어."

탐정은 사무실로 돌아가서 바바리코트를 갈아입을 생각에 여자아이를 쳐다보지도 않고 대충 대답했다.

"제가 고양이 찾으면 얼마 주실 거예요?"

그는 요즘 애들은 왜 이렇게 돈을 밝히는지 모르겠다고 속으로 생각하며 고개를 절레절레 저었다.

"미안하지만 그 전에 내가 찾을 거다."

"고양이들이 얼마나 날쌘데요. 아저씨는 절대 못 잡아요."

"절대라는 말은 그렇게 쉽게 하는 게 아니란다, 꼬마야."

"제 이름은 예나예요."

"알려 줘서 고맙구나. 그럼 다음에 보자."

서둘러 사무실로 돌아온 탐정은 옷걸이에 걸려 있는 다른 바바리코트 중 하나를 꺼내 입었다. 그리고 다시 탐색에 나섰지만, 계속 허탕을 쳤다. 나뭇가지에 걸려서 찢어진 코트와 계단에서 발이 꼬여 넘어지는 바람에 멍든 무릎이 영광의 상처로 남았다. 예나라는 꼬마는 창문 너머로 그런 탐정을 물끄러미 바라봤다. 결국 반나절 만에 포기한 탐정은 사무실로 돌아가 전열을 재정비하기로 결정했다. 창가에서 여전히 그 모습을 바라보던 예나가 한마디 했다.

"캣맘한테 물어보세요."

다른 상황이었다면 누구의 조언도 필요 없었지만 이번 일에서는 자존심을 굽히기로 한 탐정이 물었다.

"캣맘이 뭔데?"

"길고양이한테 먹을 거 챙겨 주는 사람이요. 이 동네에도 있어요."

"어디 가면 만날 수 있니?"

방 안으로 잠시 사라졌던 예나가 다시 모습을 드러냈다.

"진광교회 유치원 뒤편에 있을 거예요."

"고맙다."

짧게 인사를 남긴 탐정은 진광교회 쪽으로 서둘러 걸어갔다. 주택가 끝에 있는 진광교회 옆에는 유치원이 하나 있었다. 주변에 아파트 단지와 다세대주택이 있어서 유치원의 규모는 제법 컸다. 유치원 뒤편은 아파트 단지와 다세대주택들의 경계선이었고, 그가 비무장지대라고 부르는 곳이었다. 그래서인지 길고양이들이 꽤 있었다. 문이 굳게 닫힌 유치원을 지나 비무장지대에 들어섰다. 아파트 단지와 다세대주택 사이를 떼기 위해 비워 놓은 폭 1미터의 공간이 쭉 이어졌다. 이곳은 낙엽과 정체 모를 쓰레기, 길고양이의 천국이었다. 이곳이 우범지대가 되는 것을 우려한 아파트 관리사무소에서 철조망을 치고 입구를 만들었지만 사람이 들어갈 수 있을 정도로 틈이 벌어져 있었다. 두껍게 쌓인 낙엽 아래에 뭐가 있을지도 모른다는 걱정이 든 탐정은 바바리코트 자락을 움켜쥐고 조심스럽게 발을 디뎠다. 그런데 들어간 지 얼마 되지 않아 거친 목소리가 들려왔다.

"뭐 하는 짓이야!"

탐정은 속으로 우리나라 사람들은 왜 이렇게 남의 일에 관심이 많은지 모르겠다고 툴툴거렸다. 그런 그의 눈에 기이한 풍경이 들어왔다. 몇 미터 앞에 붉은색 가방을 멘 파마머리 여자와 낡은 러닝셔츠 차림의 깡마른 아저씨가 팽팽하게 마주 서 있었다. 탁한 목소리를 낸 건 러닝셔츠를 입은 아저씨였다. 하지만 파마머리도 지지 않고 맞섰다.

"고양이 먹이 줘요. 왜요?"

"아가씨가 자꾸 먹이를 주니까 고양이들이 몰려오잖아. 지난번에 내가 주지 말라고 경고했지!"

"이 동네가 아저씨 것도 아니고 왜 주라 마라 하세요. 그리고 보니까 그때 먹이통 가져간 것도 아저씨 짓이죠? 그거 절도예요!"

"이 여자가 보자 보자 하니까 이 임성순이를 도둑으로 몰아!"

아저씨의 분노에 찬 목소리를 들은 탐정은 조마조마했다. 합리적 추리를 해야 하는 탐정에게 무작정 사고를 치는 묻지 마 범죄자는 부담스러운 대상이었다. 그리고 그런 범죄자들은 대개 징조가 보였다. 세상에 대한 증오는 대놓고 드러내지 못하면서 여성과 아이 같은 약자에게는 마음껏 화풀이를 했다. 이번 경우도 비슷해 보였다. 자세히 살펴보니 파마머리 여자는 목소리 톤이나 몸짓이 낯익었다. 여자를 도와주기로 마음먹은 탐정은 최대한 태연하게 휴대전화를 꺼내서 통화하는 척했다.

"여보세요? 경찰이죠? 여기 웬 아저씨가 소란을 피워서 신고하려고 하는데요. 그리고 여성을 협박하는 중입니다."

탐정의 예상대로 임성순은 구시렁거리면서 사라졌다. 물론 가기 전에 한마디 남기는 것도 잊지 않았다.

"다음에 보면 가만 안 놔둘 거야!"

임성순이 사라지자 파마머리 여자가 안도의 숨을 내쉬면서 돌아섰다.

"고마워요. 탐정 아저씨."

"아저씨가 아니라 탐정입니다."

"어쨌든 고맙다고요."

약간 높아진 목소리로 대꾸한 파마머리 여자, 아니 성아영에게 탐정이 물었다.

"당신이 캣맘이었어요?"

성아영은 어깨를 으쓱하며 말했다.

"길고양이 돌보미예요."

"이 동네 고양이들을 잘 알고 있다고 하던데요."

"그럼요. 복실이도 잘 알았죠."

"지금 어디에 있을 거 같아요?"

탐정의 물음에 성아영이 살짝 눈살을 찌푸렸다.

"할머니가 복실이를 찾아 달라고 돼지 저금통까지 줬는데 그걸 저한테 묻는 건가요?"

"고양이를 찾는 게 가장 중요하니까요."

탐정이 진심을 담아 큰 소리로 말하자 성아영이 메고 있던 붉은색 가방을 건넸다.

"들고 따라오세요."

"고양이를 봤습니까?"

"봤으면 할머니께 데려갔겠죠. 지금 고양이들 먹이 주고 있는데 가방이 너무 무거워요."

탐정은 얘기를 나누면서 한 손으로 가방을 건네받았다가 너무 무거워 휘청거렸다. 지퍼가 반쯤 열린 가방 안에는 생수와 고양이 사료가 들어 있었다. 성아영이 앞장서서 낙엽을 헤쳐 나갔다.

"여긴 길고양이의 터전 같은 곳이에요. 사람들 발길이 잘 닿지 않거든요."

"그럼 여기에 할머니의 고양이가 있을 수도 있겠네요."

"아뇨. 여긴 터줏대감들이 많아서 쉽게 자리 잡지 못해요. 자기 영역을 지키기 위해서 그야말로 목숨 걸고 싸우거든요."

"새벽에 싸우는 소리를 들은 적 있습니다."

"새벽마다 소리를 내는 것도 아니고 발정기 때나 잠깐 내는 거예요. 그걸 못 참겠다고 유난을 떠는 게 더 이상하지 않아요?"

머릿속에 바로 떠오르는 생각이 있었지만 너무 가벼운 사람이 아니라는 걸 보여 주려고 탐정은 일부러 두루뭉술하게 대답했다.

"글쎄요."

"고양이가 병균을 옮긴다는 얘기도 터무니없어요. 고양이가 인간과 산 건 수천 년이 넘어요. 고양이가 가진 병균이 사람에게 위험했다면 진즉에 문제가 됐겠죠."

"그것보다는 소음 문제가 더 크지 않을까요?"

새벽에 고양이들이 싸우는 소리 때문에 몇 번 잠에서 깬 적이 있어서 말한 것이었다. 성아영은 흥분한 목소리로 대답했다.

"고양이가 내는 소리가 더 시끄러울까요? 아니면 아까 그 찌질이 아저씨가 더 시끄러울까요? 새벽에 술 처먹고 고래고래 소리 질러서 사람들 잠 깨운 게 한두 번이 아니었어요."

"뭔가 불만이 있어서 그럴 수도 있지요."

"맞아요. 근데 사람이 소리 내는 건 괜찮고 길고양이는 안 된다는 법이 어디 있어요? 사는 게 팍팍하기로는 길고양이가 사람보다 더하면 더했지 덜하지는 않다고요."

"쟤들은 그래도 세금을 내지는 않잖아요."

탐정의 아재 개그에 앞장서 걷던 성아영이 어이없다는 표정으로 돌아봤다.

"대신 자기 생명이 줄죠. 고양이들이 얼마나 사는지 아세요?"

"15년에서 20년, 길게는 30년까지도 산다고 들었습니다."

"길고양이는 길어 봐야 2년에서 3년 살아요. 사람이 버린 음식물과 썩은 물을 먹고 사니까 오래 살 수가 없죠. 가끔 토실토실한 길고양이를 보고 잘 먹는다고 오해하는데 그거 살 아니에요. 짠 음식을 자꾸 먹어서 부은 거라고요."

울컥한 성아영이 말을 잇지 못한 채 걷다가 갑자기 멈췄다. 그러고는 탐정에게 손을 내밀었다.

"물이랑 사료 포대 주세요."

탐정이 가방에서 생수병과 사료 포대를 꺼내 줬다. 성아영은 능숙한 솜씨로 풀숲에 숨겨진 고양이 식기에 사료를 붓고 생수병을 반으로 잘라서 만든 물통에도 물을 부었다. 그리고 주변에 흩어진 고양이 똥을 깨끗하게 치웠다. 말 한마디 없이 주변을 말끔히 정리하는 모습을 지켜보던 탐정이 궁금한 것을 물었다.

"언제부터 캣맘을 한 겁니까?"

"글쎄요. 원래는 집사 노릇만 했는데 어느 순간 이렇게 돌아다니고 있더라고요."

"그런데 왜 고양이를 기르는 사람들은 스스로를 집사라고 부르나요?"

"고양이 길러 본 적 없죠?"

"없으니까 물어보는 거 아니겠습니까?"

성아영이 사료 포대와 생수병을 건네며 탐정에게 말했다.

"고양이는 가장 완벽한 반려동물이에요."

"개를 기르던 사람에게 똑같은 얘기를 들은 적이 있습니다."

"그건 취향 차이고요. 고양이는 독립적으로 생활하기 때문에 일일이 챙겨 주지 않아도 돼요. 하지만 주인이 위로가 필요하거나 외로우면 어느덧 옆에 나타나죠. 할머니도 혼자서 외롭게 지내다가 복실이를 만나면서 많은 위로를 받았다고 말씀하셨어요."

"그래서 스스로 집사가 되는 건가요?"

"고양이는 독립적이긴 하지만 의외로 손이 많이 가요. 거기다 강아지처럼 사람을 주인으로 인식하지 않고 같이 사는 사람 정도로 보기 때문에 딱히 고마워하지 않거든요."

"마치 집사가 주인을 모시는 것처럼 고양이를 챙겨서 그런 거군요."

"역시, 탐정이라 다르네요. 아까 그 찌질이 아저씨는 고양이를 생명체로 생각하지 않나 봐요."

"확실히 싫어하긴 하던데요."

성아영은 다시 그 아저씨 생각이 났는지 진저리를 쳤다.

"캣맘들이 활동해서 동네에 길고양이들이 없어지지 않는다고 생각하는 바보들이 많아요. 옆 동네에서는 어떤 놈이 캣맘에게 쓰레기를 뒤집어씌운 적도 있어요."

"그렇게 생각할 수도 있는 거 아닌가요?"

"먹을 것을 주니까 몰려온다고 생각하는 거요? 아까 고양이가 독립적인 생활을 한다고 얘기했잖아요. 먹을 걸 많이 준다고 다른 동네 길고양이들이 오진 않아요. 자기 영역이 있으니까요. 그래서 자기 영역에 들어온 고양이는 싸워서 쫓아내요. 먹을 걸 준다고 고양이들이 떼로 몰려온다는 건, 한마디로 고양이를 모르는 무식한 사람들이 지어낸 헛소리죠."

그렇게 탐정과 성아영은 얘기를 주거니 받거니 하면서 길고양이들에게 사료와 물을 챙겨 줬다. 가벼워진 가방을 넘겨받은 성아영이 말했다.

"길고양이들은 자기 영역에 새로운 존재가 나타나면 신경이 날카로워져요."

"아무래도 그렇겠죠?"

"그런데 요 며칠간 이 동네 길고양이들에게서는 그런 분위기를 못 느꼈어요. 아까 사료를 챙겨 줬을 때에도 별다른 흔적을 못 찾았고요."

"그럼 멀리 떠났다는 얘긴가요?"

성아영은 잠시 생각에 잠겼다가 고개를 저었다.

"할머니랑 십 년 동안 집에서 살아서 쉽게 멀리 떠나지는 못했을 거예요. 어딘가에 숨어 있을 가능성이 높아요."

"이 근처를 다 뒤졌는데도 못 찾았습니다."

"고양이는 사람이랑 달라서 상상도 하지 못할 곳에 숨을 수 있어요. 거기다 아저씨가 친구인지 적인지 어떻게 알겠어요? 낯선 사람을 보면 무조건 숨는 게 개들 습성이에요."

"아저씨가 아니라 탐정입니다. 그럼 고양이 가면이라도 쓰고 돌아다녀야 할까요?"

싱거운 농담에 성아영은 피식 웃었다. 그녀는 가방을 고쳐 메면서 대답했다.

"그럼 더 이상하게 보겠죠. 일단 제가 아는 커뮤니티에 실종 신고를 해 놓을게요. 혹시 사진 가지고 있어요?"

"여기요."

탐정은 주머니에서 사진을 꺼냈다. 성아영이 그것을 휴대전화로 몇 장 찍었다.

"그리고 아저, 아니 탐정 아저씨 연락처도 주세요."

탐정은 자신의 명함을 건넸다. 성아영이 명함의 앞뒤를 살펴보더니 한마디 했다.

"이름이 안 적혀 있네요."

"그냥 탐정이라고 불러 주세요."

"좋아요. 탐정님, 잠깐 쉬고 나서 여덟 시에 진광교회 앞에서 만나요."

"야근은 되도록 안 하는 편입니다만."

성아영도 자기 명함을 꺼내 주면서 혀를 찼다.

"고양이는 야행성이라 밤에 움직인다고요. 탐정이면 그런 것쯤은 알고 있어야죠."

한 방 먹은 탐정은 아무 소리도 못 하고 명함을 받아들고는 돌아섰다. 오랜만에 몸을 써서 그런지 피곤했다. 탐정은 잠깐 쉬면서 옷도 갈아입을 겸 사무실로 향했다. 골목길을 지나다가 창문으로 밖을 내다보던 예나와 눈이 마주쳤다.

"고양이 못 찾았죠?"

그 말에 자존심이 상한 탐정은 퉁명스럽게 대꾸했다.

"찾는 중이야."

"캣맘은 만나 보셨어요?"

"응. 이따가 저녁 때 같이 찾아보기로 했어."

"그럼 저도 같이 가요."

"넌 일찍 자야 하지 않니?"

"저 밤잠 없어요. 이 동네도 빠삭하고요."

새 나라의 어린이는 일찍 자고 일찍 일어나야 한다고 말하려 했지만, 보아하니 그런 말이 먹힐 것 같지 않았다. 거기다 혼자서는 고양이를 못 잡는다는 성아영의 얘기가 떠올랐다. 급할 때는 고양이 손이라도 빌린다고 했으니 꼬맹이의 도움을 받는 것도 나쁘지 않겠다는 생각이 들었다.

"그럼 여덟 시까지 진광교회 앞으로 나와라."

"알았어요. 이따 봐요, 아저씨."

아저씨가 아니라 탐정이라고 말해 주고 싶었지만 예나는 그럴 틈을 주지 않고 창가에서 사라져 버렸다.

약속 시간이 되자 탐정은 운동복 위에 바바리코트를 걸치고 진광교회 앞으로 갔다. 거기에는 역시 운동복에 운동화를 신고 머리를 질끈 묶은 성아영이 있었다. 언뜻 잘 맞춰 입은 것처럼 보였지만 운동복 무릎에 밥풀이 묻어 있는 걸로 봐서는 집에서 입던 그대로 나온 것 같았다. 거기다 바지가 꽉 맞았는데 반대로 윗도리는 헐렁했고 비교적 새것이었다. 직장에서는 완벽한 모습을 보였다면 집에서는 수수한 차림이었다. 탐정이 뚫어지게 바라보자 성아영이 살짝 높은 톤의 목소리로 물었다.

"뭘 그렇게 봐요?"

"설거지하다 급하게 나왔군요."

"그걸 어떻게 알았어요?"

"운동복 안에 입은 셔츠 소매 자락에 물이 묻어 있어서요. 목덜

미랑 이마도 살짝 젖어 있는데 약속 시간보다 먼저 나온 걸 보면 시간이 늦어서 뛰어온 게 아니잖아요. 아마 뜨거운 물로 설거지를 하면서 생긴 땀이 아직까지 남아 있는 거 같네요. 결정적으로 머리카락에 세제 거품이 좀 묻었어요."

성아영은 얼른 돌아서서 소매로 이마와 목덜미를 닦았다. 그때 뒤에서 누군가 뛰어오는 소리가 들렸다. 고개를 돌리자 흰색 크록스를 신고 같은 색 칠부바지와 헐렁한 티셔츠 차림의 예나가 보였다. 크록스에는 뭔가 튄 흔적들이 보였다. 숨을 헐떡이며 예나가 두 사람에게 말했다.

"할머니 주무시는 거 보고 왔어요."

탐정이 두 사람을 소개해 주려고 하는데, 성아영이 먼저 밝게 웃으며 말을 꺼냈다.

"예나구나! 이 아저씨 아니?"

"오다가다 알게 됐어요."

"내가 아무한테나 말 걸거나 따라다니지 말라고 했잖아."

"동네 아저씨인걸요."

옆에서 듣고 있던 탐정은 자신은 아저씨도 아니고 아무나도 아니라고 따지려고 했지만 끼어들 틈이 없었다. 한참 예나와 얘기를 주고받던 성아영은 어디서 전화가 걸려 왔는지 휴대전화를 들고 몇 걸음 떨어졌다. 그녀가 잠시 전화 받는 틈에 탐정이 예나에게 물었다.

"저 아줌마 잘 아니?"

"아줌마 아닌데요. 네거리에 있는 은행에서 일하는 언니예요. 착한 캣맘 언니라서 저랑도 친해요."

"너랑 놀아 주다니 참을성이 끝내주나 보다. 그리고 나 아저씨 아냐."

"탐정이라고만 하면 어색하잖아요."

"너랑 난 어색한 사이 맞아. 굳이 친한 척하지 말자고."

토라진 예나와 어색하게 서 있는데, 통화를 끝낸 성아영이 다가왔다.

"아까 고양이 커뮤니티에 복실이 사진을 올렸거든요. 어떤 분이 이 근처에서 비슷한 고양이를 봤대요."

"어디서 봤답니까?"

"아파트 단지 놀이터 옆 화단에서요."

"거기 가서 찾으면 되겠네요."

"말처럼 쉽지는 않을 거예요. 복실이한테 탐정 아저씨가 위협적이지 않은 존재라고 어떻게 믿게 할 건데요?"

"잘 설득해 보겠습니다. 협상에도 재능이 있거든요."

탐정의 농담에 성아영이 한숨을 내쉬었다.

"탐정인지 개그맨인지 모르겠네요. 아무튼 제 말 잘 기억해요. 사람 부르듯 크게 이름을 부르면 백 퍼센트 도망가거나 숨어 버려요. 나긋나긋한 목소리로 조용히 불러야 반응을 보일 거예요."

"어떻게요?"

"따라해 봐요. 복실아~."

탐정이 '설마?' 하는 표정으로 바라보자 옆에 있던 예나가 먼저 따라 했다. 그러면서 어서 빨리 하라는 눈짓을 보냈다. 지나가는 사람들이 킥킥거리는 걸 본 탐정의 얼굴이 달아올랐다.

"얼른 해 보라니까요."

성아영의 재촉에 못 이긴 탐정이 목소리를 가다듬고 불렀다.

"보, 복실아~."

자신의 간지러운 목소리에 탐정은 쥐구멍에라도 들어가고 싶은 심정이었다. 거기다 두 사람이 배꼽을 잡고 웃는 것을 보고서는 진짜 미칠 것 같았다. 더 놀리거나 장난을 치지 않는 게 그나마 다행이었다. 웃음을 겨우 진정시킨 성아영이 말했다.

"복실이를 부를 때는 그런 식으로 부르세요. 그래야 겁먹고 도망치지 않으니까요."

"나같이 착한 사람을 보고 도망치지는 않을 거 같은데요."

"그거야 아저씨 생각이고요. 고양이도 나름 얼굴 봐요."

성아영의 말에 예나가 좋다고 웃자 살짝 삐진 탐정이 말했다.

"너, 할머니한테 얘기 안 하고 나왔지?"

"아닌데요. 얘기하고 나왔어요."

"거짓말. 그 바지랑 위에 입은 티셔츠 다 보푸라기가 심하게 일어났어. 입고 바닥을 뒹굴뒹굴했다는 얘기니까 잠잘 때 입는 거잖아.

거기다 크록스에 묻은 거 화장실 청소할 때 쓰는 락스 아냐?"

"마, 맞아요."

"잠옷으로 입는 옷에 화장실에서 신던 크록스를 신고 왔다는 건 어른 몰래 나왔다는 얘기잖아. 아까 바깥 내다보던 그 창문으로 나왔지?"

"그건 또 어떻게 알았어요?"

"배에 까만 게 묻었잖아. 그건 창틀에 잘 끼는 때지."

"와! 졸멋!"

처음 듣는 단어에 혼란스러운 탐정이 예나에게 물었다.

"무슨 뜻이냐?"

"졸라 멋있다는 뜻이에요."

"하여튼 요즘 애들은……."

혀를 찬 탐정은 성아영의 날카로운 눈초리에 찔끔했다.

"누가 꼰대 아니랄까 봐."

탐정은 아저씨보다 더한 꼰대라는 얘기에 속으로 발끈했다. 하지만 성아영의 심기를 거스르지 않는 편이 좋을 것 같아서 입을 꾹 다물었다. 그녀가 손전등으로 아파트 단지 가운데를 가리키면서 말했다.

"203동이랑 204동 사이에 있는 놀이터 근처 화단에서 봤대요. 일단 그쪽부터 가 봐요. 절대 소리 내지 말고 발소리도 크게 내지 말아요."

대답 대신 고개를 끄덕인 탐정은 얌전히 성아영의 뒤를 따랐다. 뒤따라오던 예나가 옆구리를 손가락으로 콕콕 찔렀다.

"탐정 아저씨, 근데 왜 아영이 언니를 그렇게 무서워해요?"

"무서운 사람이니까?"

"피, 착한 언닌데."

예나의 말에 탐정은 고개를 절레절레했다.

"네가 몰라서 그래. 난 지난번에 불량 고딩들이랑 싸우는 것도 봤어."

"탐정이라면서 왜 그렇게 겁이 많아요?"

"사람을 잘 아니까. 사람만큼 잔인한 존재는 없단다."

이런저런 얘기를 주고받는 사이 아파트 놀이터에 도착했다. 해가 떨어져서 그런지 아이들은 보이지 않고, 담배를 피우러 나온 아저씨와 스마트폰을 들여다보는 청년, 얘기를 나누는 뽀글 파마머리 할머니 두 분만 보였다. 놀이터와 주변을 쭉 돌아본 탐정이 성아영에게 말했다.

"사람들이 많아서 있을 만한 곳이 아닌 것 같습니다."

"보통은 그렇겠죠. 하지만 갑자기 밖으로 나와서 오갈 곳이 없는 데다가 이 근처 다른 곳은 길고양이들의 영역이 확실하거든요."

"그러니까 다른 고양이들에게 밀려서 이곳에 있을 거란 얘기군요."

"맞아요. 얘기한 대로 사람 근처에는 없을 테니까 저쪽 끝 화단부터 살펴봐요. 배고프고 겁에 질려 있을 거예요. 진짜 조심스럽게 다가가야 해요."

"알았어요."

짧게 대꾸한 탐정은 화단 끝부터 찬찬히 봤다. 잘 다듬은 꽃나무들이 정강이 높이까지 자라 있어서 움직일 때마다 바바리코트에서 바스락거리는 소리가 났다. 자꾸 소리가 나니까 화단의 반대편 끝부터 찾던 성아영이 째려보는 게 어둠 속에서도 느껴졌다. 할 수 없이 바바리코트 자락을 두 손으로 살포시 들어 올리고 움직였다. 아파트 화단을 샅샅이 뒤졌지만 어디에도 할머니의 고양이는 보이지 않았다. 반대편부터 훑으며 온 성아영과 예나도 찾지 못했는지 고개를 저었다. 대신 세 사람은 놀이터에 있던 사람들의 눈길을 끌었다. 스마트폰을 보던 청년이 고개를 돌려서 탐정 쪽을 바라봤다. 멋쩍어진 탐정은 애꿎은 코트 자락을 탁탁 털면서 화단에서 나왔다.

"여기서 본 게 맞대요?"

"네. 화단에서 고개만 쏙 내밀고 주변을 살펴보다가 자기랑 눈이 마주치니까 도로 숨었다고 했어요."

"그게 할머니 고양이인지는 어떻게 알았대요?"

"저처럼 캣맘으로 활동해서 이 동네 길고양이 족보는 꿰고 있어요. 복실이는 코숏 중에서 흔한 삼색이긴 하지만 양쪽 귀 색깔이 달라서 금방 구분할 수 있어요."

"어쨌든 여기 화단에 없으면 근처에는 없겠는데요."

"탐정이 왜 그렇게 끈기가 없어요. 복실이가 숨어 있을 만한 데가 여기밖에 없는 것도 아니잖아요."

이번에도 꿀 먹은 벙어리가 된 탐정은 성아영이 시키는 대로 아래쪽 놀이터를 뒤졌다. 뒤따라온 예나가 우스운지 손으로 입을 가린 채 키득거렸다.

"꼭 우리 아빠랑 엄마 같다. 아빠도 엄마한테 끽소리도 못 하거든요."

"턱도 없는 소리 하지 말고 주변이나 잘 찾아봐."

아래쪽 놀이터 역시 사람들이 없었다. 그네 앞에 서서 두리번거렸지만 아무것도 보이지 않았다.

"고양이는커녕 쥐 한 마리도 안 보이네."

바바리코트 주머니에 손을 찔러 넣은 탐정이 툴툴거리는데 예나가 조용히 하라는 손짓을 했다.

"쉿!"

"왜?"

"고양이 울음소리가 들리잖아요."

예나의 말에 탐정도 가만히 귀를 기울였다. 그러자 어둠 속 어딘가에서 가냘픈 고양이 울음소리가 들려왔다. 온 신경을 집중한 탐정은 소리가 나는 곳을 찾았다.

"저쪽이야."

탐정이 가리킨 곳은 놀이터 옆에 쌓인 쓰레기 더미 뒤편이었다. 마침 수거일이라서 그런지 쓰레기가 산더미처럼 쌓여 있었다. 탐정은 예나에게 반대쪽으로 가라는 손짓을 하고는 오른쪽으로 돌아갔다. 고개를 빼꼼 내밀어서 뒤쪽을 살폈다. 하지만 아무것도 보이지 않았다. 반대쪽에 똑같이 고개를 내민 예나도 손으로 엑스 자를 만들어서 없다는 신호를 보냈다. 탐정은 계속 헛다리만 짚는 것 같아 힘든 마음에 죄 없는 쓰레기봉투에 발길질을 했다. 그러다가 마침 쓰레기봉투를 양손에 들고 나온 아저씨와 마주쳤다. 탐정은 헛기침을 하면서 얼른 자리를 옮겼다. 고양이를 찾는 게 재미있을 줄 알았지 이렇게 어려울 것이라고는 생각도 하지 못했다. 근처에 있는 키 작은 나무 아래 몸을 숨긴 탐정은 한숨을 푹 내쉬었다.

"차라리 간첩을 찾는 게 더 편하겠다. 피곤한데 적당히 찾고 들어가야지."

그리고 하루나 이틀쯤 후에 할머니에게 변명할 말을 미리 연습했다.

"동네 열혈 캣맘에 버릇 없는 꼬마까지 동원했지만 못 찾았어요. 할머니 고양이는 멀리 떠난 거 같습니다."

제법 설득력 있는 것 같아서 탐정은 저도 모르게 씩 웃었다. 그리고 나뭇가지에 웅크리고 앉아 있던 고양이에게 넌지시 말을 건넸다.

"어때, 그럴듯하지?"

고양이는 맞는다는 듯 짧게 야옹 소리를 냈다.

"거참, 똑똑한 고양이네."

그런데 고양이의 얼굴이 어디서 본 것 같았다. 거기다 양쪽 귀의 색깔이 달랐다. 놀란 탐정이 저도 모르게 소리쳤다.

"너!"

그러자 고양이는 번개처럼 나무에서 내려와 놀이터 쪽으로 달려 갔다. 아차 실수한 탐정은 전속력으로 고양이의 뒤를 쫓았다.

"거기 서!"

탐정은 열심히 뛰었지만 고양이를 따라잡지 못했다. 다행히 지나가는 자동차 불빛에 놀란 고양이가 놀이터로 들어가서는 잠시 가만히 있었다. 이제 두 손을 뻗어서 잡기만 하면 된다고 생각한 순간 갑자기 몸이 붕 뜨면서 바닥으로 꼬꾸라졌다.

"아악!"

그네 주변에 쳐놓은 안전대에 걸려 넘어졌다. 탐정의 외마디 비명에 고양이는 훌쩍 화단을 뛰어넘어 어둠 속으로 사라지고 말았다. 뒤따라온 예나가 탐정을 보고 비명을 질렀다.

"아저씨! 코피!"

얼얼한 코를 감싸 쥔 탐정은 고양이가 사라진 화단 쪽을 바라봤다. 이렇게 날쌔고 빠를 줄은 꿈에도 몰랐다. 비명을 듣고 달려온 성아영도 탐정에게 물었다.

"복실이 봤어요?"

"나무 위에 있다가 이쪽 화단으로 사라졌어요."

"소리 질렀죠?"

소리를 지른 게 사실이라 탐정은 아무 말도 하지 못했다. 그사이 화단을 살펴보던 예나가 갑자기 조용하라는 손짓을 했다. 그리고 손가락으로 화단 한쪽을 가리켰다. 성아영이 엉거주춤 일어나는 탐정에게 말했다.

"조용히 저쪽으로 가요. 어서!"

탐정은 성아영이 시키는 대로 화단 끝으로 향했다. 화단 안쪽의 커다란 돌 옆에 고양이가 쪼그리고 앉아 있는 게 보였다. 탐정이 뒤쪽을 막은 가운데 성아영이 앞쪽으로 갔다. 그러고는 자세를 바짝 낮춘 채 속삭였다.

"복실아, 할머니가 애타게 찾고 있단다. 그만 이리 오렴."

고양이가 알아들었는지 머리를 살짝 들고 성아영을 바라봤다. 그걸 본 성아영이 조심스럽게 한 발자국씩 다가갔다. 뒷다리를 들고 도망치려고 하던 고양이는 도로 주저앉았다. 이제 손만 뻗으면 닿을 상황이라 탐정은 안심했다. 하지만 그 순간, 화단 위쪽에 있는 아파트 1층 베란다 창문이 드르륵 열렸다. 그리고 아줌마가 머리를 불쑥 내밀며 소리쳤다.

"남의 집 앞에서 뭐 하는 거야?"

그 소리를 들은 고양이는 마치 우사인 볼트처럼 탐정 쪽으로 달려들었다. 놀란 탐정이 얼른 다리를 오므렸지만 가랑이 사이로 고양이가 빠져나가 버렸다. 그리고 한밤의 추격전이 이어졌다. 고양이는 화단을 빠져나온 뒤에 인도를 따라 쭉 달렸고, 세 사람은 그 뒤를 열심히 쫓아갔다. 하지만 두 발의 인간은 네 발의 고양이를 따라잡지 못했다. 그나마 고양이가 아파트 지형에 익숙하지 않아서 우왕좌왕하는 바람에 거리를 좁힐 수 있었다. 놀이터로 돌아간 고양이는 뒤따라오는 탐정 일행을 보고는 멀리 도망치기 위해 찻길로 들어섰다.

"안 돼!"

성아영의 비명과 함께 자동차 급브레이크 밟는 소리가 들렸다. 늘 범죄 현장을 보지 못했던 탐정은 이번에도 눈을 감고 말았다. 성아영의 울부짖는 소리와 함께 겁에 질린 예나가 훌쩍거리는 소리가 들렸다. 그리고 한밤중의 뜻하지 않은 소리에 놀란 아파트 주민들이 웅성대는 게 느껴졌다. 그리고 멈췄던 자동차가 다시 움직이는 소리도 들렸다. 살짝 눈을 뜬 탐정 앞으로 고양이를 친 자동차가 스쳐 지나갔다. 차에 치인 고양이는 찻길 한구석에 쓰러져 있었다. 성아영은 하염없이 눈물을 흘렸고, 예나도 그 옆에서 펑펑 울었다. 사람들이 계속 몰려오는 걸 본 탐정은 말없이 바바리코트를 벗어서 고양이를 감쌌다.

바바리코트에 싸여서 돌아온 고양이를 본 할머니는 아무 말도 하지 않았다. 그저 슬픈 눈을 껌뻑거릴 뿐이었다. 탐정은 할머니가 남편이나 자식이 죽었을 때만큼 큰 상처를 받았지만 꾹 참고 있다는 걸 느꼈다. 땅이 꺼져라 한숨을 쉰 할머니는 바바리코트 안에 있는 고양이를 조심스레 어루만졌다.

"내 잘못이지, 내 잘못이야."

"아닙니다. 제 잘못입니다."

탐정의 말에 할머니가 고개를 저었다.

"탐정 양반이 무슨 잘못이 있다고 그래. 코피까지 터져 가면서 찾아다녔잖아."

"실패는 실패지요."

"아니라니까, 잠깐만 기다려 봐."

안방으로 들어간 할머니는 봉투를 들고 나왔다. 그리고 그것을 탐정에게 건넸다.

"나머지 수고비."

"괜찮습니다."

"어차피 사료 값으로 하려고 모아 둔 돈이야. 이 돈은 내가 못 쓰지."

엉거주춤 돈을 받은 탐정에게 고맙다는 말을 한 할머니가 복실이를 넘겨받았다. 그리고 옆에서 울음을 삼키던 성아영을 바라봤다.

"도와줘서 고마워. 나는 우리 복실이랑 잠깐 같이 있을게."

"그러세요, 할머니."

수고했다는 말을 메아리처럼 연거푸 되뇐 할머니는 안방으로 들어가서 문을 닫았다. 아마 혼자서 실컷 울 것 같았다. 탐정은 조용히 현관문을 닫고 밖으로 나왔다. 그리고 봉투에서 돈을 꺼내서 예나에게 건넸다.

"복실이 찾느라고 수고했다."

가만히 성아영의 눈치를 보던 예나가 돈을 받고는 꾸벅 인사를 하고 집으로 뛰어갔다. 탐정은 나머지 돈이 든 봉투를 성아영에게 줬다.

"고생했어요."

"됐어요. 탐정 아저씨도 먹고살아야죠."

"이런 걸로 먹고살지는 않습니다."

"그럼 뭘로요?"

"의뢰……."

탐정은 차마 다음 말을 잇지 못했다. 지난번 의뢰 이후 오랫동안 일이 끊긴 상태였기 때문이다. 탐정이 작게 한숨을 내쉬자 성아영이 말했다.

"내가 설거지하다 나오고 예나가 가족들 몰래 나온 걸 단번에 보고 알 정도로 뛰어나잖아요. 그런데 왜 경찰이 안 되고 이런 변두리에서 탐정으로 일해요?"

"한때는 경찰이었습니다. 그런데 공권력을 수행하기에는 치명적인 단점이 있었죠."

의욕에 찬 경찰 초년병 시절 그는 자신의 약점을 알게 됐다. 그리고 그 약점이 그를 탐정이 되도록 만들었다.

"시체 같은 거 보면 무서워요?"

성아영이 조심스럽게 묻자 탐정은 고개를 끄덕거렸다. 첫 번째 살인사건 현장에 갔을 때 문 밖으로 흘러나온 피를 보고 그대로 기절해 버렸다.

"아까 사고 났을 때 제대로 못 쳐다보는 거 보고 짐작했어요. 저도 탐정 같죠?"

"눈과 귀, 두뇌만 있으면 누구나 탐정이 될 수 있어요. 단지 게으르고 귀찮아서 못 보는 거뿐이죠."

"그나저나 복실이라고 불렀네요."

"네?"

탐정이 놀란 표정을 짓자 성아영이 가볍게 웃었다.

"내내 고양이라고 했잖아요. 그러다가 이름을 불러서요."

탐정은 적당한 대답을 찾지 못했다. 그가 머뭇거리는 사이 성아영이 발걸음을 멈췄다. 어디선가 들려오는 고양이의 비명 때문이었다. 얼굴을 확 찡그린 성아영이 성큼성큼 걸어갔다.

"어, 어디 가요?"

"그 새끼들이 또 고양이 괴롭히나 봐요. 이것들을 그냥."

탐정은 성아영의 뒤를 허둥지둥 따라갔다. 정확히 지난번 그 장소에서 그때 그 불량 고딩들이 고양이를 괴롭히는 중이었다. 성아영이 싸우려는 것을 막은 탐정이 앞으로 나섰다.

"얘들아."

부드러운 탐정의 목소리에 불량 고딩들이 한꺼번에 쏘아봤다. 지난번에 탐정에게 협박했던 불량 고딩이 확 짜증을 냈다.

"그 바바리 아저씨네. 그냥 가던 길 가라니까요."

"내가 탐정이거든. 법을 아주 잘 알아. 너희들이 지금 저지른 범법 행위가 어떤 건지 아니?"

그러자 일행에 끼어 있던 여자애가 신경질을 냈다.

"저 꼰대 재수 없게 무슨 말을 하는 거야?"

탐정의 말에 불량 고딩이 바닥에 침을 찍 뱉고는 턱을 쳐들었다.

"씨발, 우리가 무슨 잘못을 저질렀다고 그래요."

"방금 침 뱉은 거, 해 지고 나서 주택가에서 소란 피운 건 경범죄, 고양이를 괴롭히는 건 동물보호법 위반이지. 별거 아닌 경범죄라 즉결심판에 넘겨질 확률이 높지만 말이야."

탐정의 얘기를 들은 불량 고딩이 기분 나쁘게 웃으며 말했다.

"이 아저씨 병먹금이네. 알았으니까 어서 꺼져요."

"잠깐, 잠깐만."

탐정이 손가락을 까딱거리면서 그들에게 다가갔다. 그리고 한 명씩 뚫어지게 바라봤다. 그에게 협박을 한 불량 고딩은 키가 크고 피부가 창백한 편이었다. 고양이를 붙잡고 있는 고딩은 땅딸막한 키에 까무잡잡했고, 고양이 코에 딱밤을 먹이려고 하던 고딩은 짧은 머리에 각진 턱을 하고 있었다. 그 옆에는 테 없는 안경을 쓴 범생이 있었다. 또 담장에 기댄 홍일점이 하나 있었는데 찢어진 청바지에 가느다란 뿔테 안경을 쓴 단발머리였다. 탐정은 그에게 협박을 했던 키다리에게 말했다.

"니가 대빵이지? 쟤는 네 여자 친구고."

"그걸 어떻게 알았어요?"

키다리가 호기심 어린 말투로 묻자 탐정이 피식 웃었다.

"네가 말할 때 아무도 입을 열지 않았잖아. 그런데 저 여자아이만 중간에 말했지. 그리고 네가 그 얘기를 듣고 바로 나섰고 말이야."

"제법이네. 아저씨, 점쟁이예요?"

"탐정이야. 그런데 저기 저쪽에 있는 범생이가 네 뒤통수를 칠 모양이다."

"뭐라고요?"

키다리가 탐정의 말에 고개를 홱 돌려서 범생을 바라봤다. 범생이 어이가 없다는 투로 화를 내며 말했다.

"뭐라는 거야? 야, 더 듣지 말고 그냥 쫓아내!"

그 모습을 본 탐정이 키다리에게 말했다.

"내가 방금 네가 대빵이냐고 물었을 때 저 친구가 살짝 코웃음 치는 걸 봤어. 그리고 말이야. 보통 이런 상황이라면 거짓말하지 말라고 했겠지. 그런데 더 듣지 말라고 했어. 그 얘기는 자기 속마음을 들킬까 봐 너와 나 사이를 막으려고 한 거지."

범생이 탐정의 얘기에 안절부절못하는 사이, 여자애가 다시 성질을 부렸다.

"아이 씨발!"

"그리고 네 여자 친구 말이야. 저 범생이를 은근히 좋아하는 거 같으니까 조심해라."

"저, 정말이요?"

키다리가 눈을 동그랗게 뜨고 묻자 탐정이 씩 웃었다.

"지금 저 친구 편들어 주고 있잖아. 그리고 저 두 사람 신발 같은 브랜드네."

탐정의 얘기를 들은 키다리가 뒤돌아서 범생에게 다가갔다. 그러자 여자애가 잽싸게 중간에 끼어들었다.

"범진아! 잠깐만."

그렇게 불량 고딩들이 자기들끼리 싸우는 와중에 고양이가 풀려났다. 죽다 살아난 고양이는 허겁지겁 도망쳐서 탐정의 품에 안겼다. 고양이를 부드럽게 쓰다듬으며 탐정이 성아영에게 물었다.

"노란색인 걸 보니 코숏 치즈인가요?"

"노란색 바탕에 줄무늬가 있으니까 치즈 태비예요."

"아하!"

설명을 들은 탐정이 발걸음을 돌리자 성아영이 물었다.

"어디 가요?"

"할머니한테요. 새로운 복실이를 소개해 주려고요."

"꼰대인 줄 알았는데 아니네요."

"가슴이 따뜻한 꼰대죠."

"오늘 말고 하루나 이틀 정도 뒤에 데려다주는 게 어떨까요?"

"빨리 드려야 좋아하실 것 같은데요."

"그래도 슬퍼할 시간은 드려야죠. 할머니에게 오늘 너무 많은 일이 일어났잖아요."

성아영의 말에 수긍한 탐정이 고개를 끄덕거렸다.

"생각해 보니 그러네요."

"고양이 주세요. 제가 데리고 있다가 할머니에게 데려다줄게요."

탐정은 고양이를 성아영에게 넘겨주면서 물었다.

"아, 근데 '병먹금'이 무슨 뜻입니까?"

"'병신에게 먹이를 주지 마세요'라는 뜻이에요."

"이런……."

탐정이 허탈한 표정으로 웃자 '복실이'라는 이름을 얻은 고양이가 갸르릉거리며 울었다.

02

부부의 고양이

사무실에 있던 탐정은 문을 똑똑 두드리는 소리를 듣고 말했다.

"안 잠겼으니까 들어와라, 예나야."

탐정의 말이 끝나기가 무섭게 예나가 문을 열고 들어왔다.

"전 줄 어떻게 알았어요?"

예나의 물음에 탐정은 창가에 있는 의자를 가져오라고 손짓했다. 예나는 의자를 끙끙대고 가져와서 탐정이 앉은 책상 맞은편에 놓고 앉았다.

"발소리랑 문 두드리는 소리만 가지고 맞춘 거예요? 아저씨 정말 대단하다."

그러자 탐정은 조용히 벽시계 옆의 모니터를 가리켰다. 흑백 모니터가 사무실 계단을 비추고 있는 걸 본 예나는 어처구니없다는 표정을 지었다.

"뭐야. CCTV잖아."

"난 발소리 듣고서 알았다고 한 적 없다."

"피. 어쨌든 실망이에요."

"그나저나 학교는 안 갔니?"

"어제부터 여름방학이에요. 이렇게 더운데 학교 가면 진짜 짜증 나요."

"그랬구나. 의뢰를 받아 온 거 같은데, 맞니?"

"예?"

놀란 예나가 눈을 껌뻑거리자 탐정이 차분하게 말했다.

"문을 열고 들어오기 전에 주머니에서 돈을 꺼내 세는 걸 봤다. 일곱 장은 왼쪽 주머니에, 세 장은 오른쪽 주머니에 넣더구나. 아마 만 원짜리 열 장을 나눈 거 같은데 말이야."

"어, 그러니까, 그게."

"그 정도 큰돈을 용돈으로 받을 리는 없으니까 누군가에게 어떤 약속을 하고 받았겠지. 그런데 그걸 내 사무실에 들어오기 전에 나눴다는 건 분명 나와 관련 있다는 뜻이잖아."

"와!"

"마지막으로 내가 의자를 가져오라고 했을 때 무거운 의자를 잠자코 가져왔지. 그건 나와 마주 앉아서 오랫동안 얘기를 나눌 생각이었단 뜻이고, 그걸 다 합해서 추리하면."

탐정은 손가락으로 방아쇠 모양을 만들어 예나를 가리키며 말했다.

"나에게 의뢰할 사건을 가져온 거지. 선금은 십만 원이고, 나랑 7 대 3으로 나누자고 할 계획이었고."

"치, 아저씨는 속마음을 너무 잘 알아서 재미없어요."

"나도 알아. 너무나 잘."

탐정은 씁쓸하게 미소 지었다. 예나가 왼쪽 주머니에서 만 원짜리 뭉치를 꺼내서 책상 위에 올려놨다. 돈을 힐끔 쳐다본 탐정이 물었다.

"어떤 의뢰니?"

"샬롯을 찾아 달라는 부탁을 받았어요."

"고양이?"

예나가 고개를 끄덕였다. 탐정은 잠시 복잡한 표정을 짓다가 대답했다.

"미안하지만 난 탐정이란다. 실종된 사람을 찾아 주고, 사건의 범인을 찾는 게 내가 하는 일이야."

"복실이는 찾아 주셨잖아요."

"그건 예외 중의 예외였고."

탐정의 반응에 예나는 입술을 삐죽거렸다.

"샬롯을 꼭 찾아 주셔야 해요. 안 그러면 그 부부한테 무슨 일이 일어날지 몰라요."

"부부? 샬롯의 주인을 말하는 거니?"

"네. 샬롯을 잃어버리고 너무나 힘들어해요."

탐정은 열심히 손짓 발짓을 하며 설득하는 예나에게 별다른 대꾸를 하지 않았다. 그리고 의자에서 일어나 옷걸이에 걸려 있던 바바리코트를 입고 중절모를 썼다.

"가자."

"네?"

"얘기를 들어 보니까 부부한테 심각한 문제가 맞나 보구나. 그럼 탐정이 나서야지."

"그런데 그 코트는 너무 덥지 않을까요?"

"이건 탐정의 자존심이자 상징이야."

"알았어요. 따라오세요."

예나는 문을 열고 씩씩하게 앞장섰다. 뒤따라 나온 탐정은 무시무시한 더위와 맞닥뜨리고는 방금 전 자신이 큰소리친 것을 크게 후회했다.

예나가 탐정을 데려간 곳은 동네 어귀 큰길가에 새로 지은 다세대주택이었다. 공장에서 찍어 낸 것처럼 비슷하게 생긴 예전 다세대주택과는 달리 깔끔하고 현대적이었다. 더구나 복층에 외부 발코니까지 있었다. 1층은 주차장이었는데, 예나와 탐정이 도착하자 누군가 출입문을 열고 나왔다. 짤막한 키에 깡마르고 신경질적인 얼굴의 남성이었다. 머리는 탈모 때문인지 바짝 깎여 있었다. 덕분에 이마의 그물 같은 주름들이 고스란히 드러났다. 푸른색 점퍼 주머니에 두 손을 찔러 넣은 그는 성큼성큼 걷다가 갑자기 걸음을 멈췄다. 그리고 뒤따라 나온 젊은 부부에게 삿대질을 했다.

"그렇게 하니까 고양이가 나가지!"

서로 손을 꼭 붙잡은 젊은 부부는 아무 얘기도 못 하고 듣고만 있었다. 험한 말을 몇 번 더 퍼부은 남자는 쌩하니 자리를 떠났다. 예나가 탐정에게 속삭였다.

"저 사람이 레옹이에요."

"그 고양이 탐정?"

"네. 실력은 좋은데 항상 막말을 하고 다닌대요."

"세상에 불만이 많은 모양이구나."

"나도 잘 참고 지내는데……."

예나의 푸념에 탐정은 허허 웃고 말았다. 그사이, 레옹에게 호된 꾸지람을 들은 젊은 부부가 조심스럽게 다가왔다. 예나가 탐정을 올려다보면서 말했다.

"제가 말한 분들이에요."

탐정은 인사를 나누면서 젊은 부부를 살펴봤다. 노영준이라는 이름의 남편은 키가 크고 마른 체형이었다. 창백한 얼굴에 목이 약간 앞으로 굽은 것을 봐서는 컴퓨터로 일하는 시간이 많은 것 같았다. 부인인 양지혜는 작은 몸집에 단발머리를 해서 마치 소녀처럼 보였다. 탐정이 물었다.

"컴퓨터 앞에서 시간을 많이 보내시나 봐요."

"건축 디자이너입니다. 실내 디자인을 해서 컴퓨터랑 주로 지내죠. 집사람은 전업주부입니다."

"두 분이 같은 회사를 다니셨던 모양이군요."

그 말을 듣고 노영준이 흠칫 놀랐다.

"그건 어떻게 아셨습니까?"

"일단 부인께서도 목이 약간 앞으로 굽으셨습니다. 거기다 손이 깔끔한 걸 보면 컴퓨터로 일하는 사무직이었고요."

"그건 그렇지만 같은 회사라는 것까지 알아차리다니 정말 예나 말대로 대단하시네요."

"두 분이 같은 슬리퍼를 신고 계셔서 알았습니다. 발등에 'JC'라는 로고가 찍혀 있네요. 만약 남편분께서 사무실에서 가져온 거라면 아내분 발에 딱 맞지는 않았을 겁니다."

노영준이 슬리퍼를 내려다보고는 쓴웃음을 지었다.

"레옹 님이 갑자기 나가 버려서 이런 채로 나오게 됐습니다."

"방금 나간 분 말씀이군요."

"네. 샬롯이 사라지고 커뮤니티에 글을 올렸더니 누군가 레옹 님을 소개해 줬어요. 그래서 전화를 드렸더니 바로 오시긴 했는데……."

노영준이 말끝을 흐리자 양지혜가 이어서 말했다.

"갑자기 불같이 화를 내는 거예요. 이러니까 고양이가 못 버티고 나가는 거 아니냐고 계속 화를 내서 어쩔 줄 모르겠더라고요."

부부의 설명이 끝나자 예나가 나섰다.

"그럴 줄 알고 제가 탐정 아저씨 소개했어요."

대충 돌아가는 상황을 알게 된 탐정이 노영준에게 말했다.

"일단 현장을 보고 싶습니다."

"올라가시죠."

탐정은 부부와 함께 다세대주택 4층에 올라갔다. 부부는 현관문 옆에 있는 작은방으로 탐정을 안내했다. 마치 어린아이 방처럼 꾸며 놓았지만 방 주인은 고양이라는 사실을 알 수 있었다. 알록달록한 고양이 침대와 고급스러운 캣 타워가 보였다. 벽지도 무늬가 들어간 분홍색이었다. 벽에는 새침한 표정의 고양이와 함께 찍은 사진 액자가 걸려 있었다.

"치즈군요."

탐정의 말에 양지혜가 대답했다.

"턱 밑에서 목덜미까지는 하얀색이에요. 그래서 우리는 '인절미'라고 불렀어요."

"몇 살입니까?"

"암컷이고 두 살이에요. 중성화 수술은 작년에 했어요."

"입양인가요? 아니면?"

"재작년에 생후 3개월쯤 되었을 때 데려왔어요. 커뮤니티에 분양 공고가 올라온 걸 보고 바로 신청했어요."

"그럼 샬롯은 태어나서 한 번도 밖에서 살았던 적이 없군요."

"네. 그래서 더 걱정스러워요. 우리 동네에는 길고양이들이 많아서 그 등쌀을 못 견딜 거예요."

"언제 밖으로 나갔나요?"

탐정의 물음에 양지혜는 눈에 눈물이 그렁그렁하다가 남편의 품에 안겨서 흐느꼈다. 아내의 등을 토닥이며 노영준이 대답했다.

"어제 오전입니다. 월차 내고 같이 집안 청소를 했습니다. 환기하느라 현관문을 열어 놨어요. 작은방 문을 닫았다고 생각했는데 살짝 열려 있었나 봐요. 텔레비전을 닦다가 이상한 소리가 나서 돌아봤더니 현관문 밖으로 나가는 샬롯의 꼬리가 보였습니다."

노영준은 거실에 있는 대형 텔레비전을 원망스러운 눈길로 바라보고는 아내의 어깨를 쓰다듬었다. 그 모습을 지켜보면서 탐정이 물었다.

"그다음은 어떻게 됐습니까?"

"놀라서 샬롯을 부르면서 뛰어나갔죠. 그랬더니 더 놀랐는지 계단으로 1층까지 내려가 버린 겁니다."

"1층에서는 그냥 나갈 수 없지 않나요?"

"그렇죠. 그래서 괜찮을 거라 생각했습니다. 그런데 가는 날이 장날이라고 1층에 사는 아저씨가 들어오면서 문을 연 겁니다. 문 앞에서 얼쩡대던 샬롯은 문이 열리자마자 쏜살같이 밖으로 뛰어나가고 말았죠."

허탈해하는 노영준을 보면서 탐정은 가만히 고개를 끄덕거렸다. 그의 얼굴에서 순간적인 실수와 방심으로 큰 잘못을 저질렀다는 죄책감을 읽었다. 집 안을 살펴보던 탐정은 문득 궁금해서 물었다.

"그런데 레옹 씨는 왜 그렇게 화를 낸 건가요?"

"그게, 처음에는 작은방을 보고 좋아했는데 제가 직장에 나가고 집사람이 요가 학원과 요리 학원을 다니느라 집을 오래 비운다는 얘기를 듣고 화를 냈습니다."

"왜요?"

"고양이를 너무 오랫동안 혼자 놔뒀다고요."

"그렇다고 해도 그렇게 화를 내는 건……."

탐정의 남은 의문은 예나가 풀어 줬다.

"그 아저씨 원래 그래요. 또라이예요, 완전."

탐정은 조금 전 레옹의 신경질적인 모습을 떠올리고는 고개를 끄덕거렸다. 그러자 노영준이 말했다.

"저도 알고 있었습니다. 하지만 워낙 경황이 없기도 하고, 무엇보다 실력 하나만큼은 확실하다고 다들 추천해서요."

"그럼 저는 의뢰를 받지 않겠습니다."

탐정이 폭탄선언을 하자 노영준보다 예나가 더 놀랐다.

"왜요? 아저씨!"

"사건 하나에 탐정 둘이 투입되면 문제가 생기거든. 어쨌든 실력이 좋다고 하니까 기다려 봐야지."

탐정이 곤란한 표정으로 서 있는 노영준에게 말했다.

"제 대리인이 받은 돈은 돌려 드리겠습니다."

"자, 잠깐만요. 물론 경우가 없다는 건 잘 압니다. 하지만 샬롯을 빨리 찾지 못하면 저나 아내 모두 제정신으로 살지 못할 겁니다."

남편의 얘기에 양지혜가 더 크게 울었다. 탐정은 그런 울음소리를 들은 적이 있었다. 가족이 죽거나 실종됐을 때 듣던 소리였다. 마음이 흔들린 탐정의 표정을 읽었는지 노영준이 간절하게 부탁했다.

"저희가 너무 정신이 없다 보니까 큰 결례를 저질렀습니다. 하지만 저희 마음만은 꼭 알아주셨으면 좋겠습니다."

옆에서 지켜보던 예나도 탐정의 손에 뭔가를 쥐어 줬다. 손을 펼쳐 보니 만 원짜리 지폐 뭉치였다.

"십만 원 다 드릴게요. 그러니까 샬롯을 꼭 찾아 주세요."

탐정은 가볍게 예나의 머리를 쓰다듬은 후 부부에게 말했다.

"일단 찾아보겠습니다."

"고맙습니다. 저는 준비하는 대로 전단지를 붙일게요."

탐정은 예나와 함께 밖으로 나왔다.

"아저씨, 왜 마음이 바뀐 거예요?"

"진짜 슬퍼하고 있어서."

"이해가 돼요?"

"그게 무슨 뜻이니?"

걸음을 멈춘 탐정에게 예나가 대꾸했다.

"항상 사람에 관련된 일을 하셨잖아요."

"그렇지."

"근데 사람이 아니라 고양이를 잃어버려서 슬퍼하는 게 이해가 되세요?"

"절박함이 크면 이해할 수 있느냐 없느냐는 별 의미가 없단다. 재작년에 치매를 앓는 할머니를 고속도로에 버린 부부가 있었지. 할머니는 고속도로에서 오도 가도 못 하다가 차에 치어 크게 다치셨어."

"어머, 그래서 어떻게 됐어요?"

"부부는 실종 신고를 내고 모른 척하다가 뒤늦게 나타나서는 합의금과 보험료를 챙기려고 했어. 수상쩍게 생각한 보험회사가 나한테 의뢰해서 진상을 밝혔지. 그랬더니 할머니가 나한테 너무 화를 내시는 거야. 그나마 자식들에게 도움이 되려고 했는데 그걸 막아 버렸다고."

"그랬구나."

"근데 문제는 말이다. 며느리가 남편을 꼬여서 시어머니를 버린 건데, 며느리에게 딴 남자가 있었다는 거야. 며느리는 돈을 챙긴 다음에 도망칠 계획이었고."

"그걸 다 알아낸 거예요?"

"병원에 도착해서 얘기를 나누는 중에 알아차렸지. 남편에게서는 죄책감이 느껴졌지만 부인한테는 초조함만 읽혔거든. 거기다 보험회사에 계속 보험금 지급일을 물어봤어. 결정적으로 여러 번 밖으로 나가서 누군가와 통화를 했어. 조금만 기다리라는 말을 하면서 말이야."

"맙소사."

탐정은 메마른 목소리로 이야기를 이어 갔다.

"내가 밝혀낸 덕분에 보험회사는 보험금 지급을 거절할 수 있었고, 경찰이 수사에 들어갔지. 그랬더니 남편은 죄책감에 자신의 아파트에서 몸을 던져 자살했고, 아내는 애인과 도망쳤다가 붙잡혔어."

"할머니는요?"

탐정은 대답을 하려다가 어깨를 으쓱했다.

"너무 슬프니까 더 얘기하지 않으마."

"진실은 늘 좋은 거라고 생각했는데……."

"탐정에게는 진실을 찾는 게 일이야. 아니, 그렇게 믿었지. 하지만 진실에 가까이 다가갈수록 오히려 사람들에게 슬픈 일이 찾아왔단다. 한동안 그걸 받아들일 수 없었어."

"사람들이 나빠서 그런 거 아닌가요?"

미간을 찡그린 채 탐정은 천천히 고개를 저었다.

"모두 나름대로 이유가 있었다. 부인은 술만 마시면 주먹질을 하는 남편과 치매를 앓는 시어머니 사이에서 고통스러워했어. 그래서 애인과 어디론가 떠나고 싶어 했지. 남편은 남편대로 불만스러워하는 아내에게 어떻게 해 줘야 할지 몰랐고."

"다들 이유가 있었군요."

"그렇지만 더 힘든 상황에서 정신 차리고 사는 사람들도 많아. 확실한 건 이거야. 진실을 밝힌다는 건, 사람들을 벌거벗기는 것과 같단다. 사람들은 진실이 다 드러나는 것을 두려워하지."

"그래서 탐정 일이 힘드세요?"

"일이 힘든 적은 없었어. 사람들 때문에 힘들었지."

탐정은 예나의 표정이 무거워진 것을 보고는 활짝 미소를 지으며 말했다.

"이제 나랑 사무실에 가서 근처 지도를 좀 살펴볼까?"

"조수 시켜 주는 거예요?"

예나가 신난 표정으로 묻자 탐정은 아까 받은 돈의 절반을 줬다.

"이건 수고비다."

"와아!"

돈을 챙긴 예나가 힘차게 골목길을 뛰어갔다. 천천히 가라고 말하고 싶었지만 더위 때문에 말도 잘 나오지 않았다.

사무실로 돌아와서 선풍기를 켠 다음 컴퓨터 앞에 앉아 위성 지도로 동네를 살폈다. 지난번 복실이 사건 때 성아영에게 들은 것과 고양이 커뮤니티를 드나들면서 얻은 지식을 가지고 샬롯이 도망갈 만한 곳을 찾았다.

"주택 1층 문으로 나오면 갈 곳이 너무 많은데……."

탐정의 말에 예나가 고개를 끄덕였다.

"그러게요. 왼쪽은 산으로 올라가는 길이고, 오른쪽은 큰길, 맞은편은 골목길 쪽이에요."

"어릴 때부터 집에서 살았으니까 산으로는 가지 않았을 거야."

"그럼 큰길로도 가지 않았겠네요. 사람들이랑 차가 많잖아요."

"갑자기 나왔으니까 아마 잔뜩 겁에 질려서 갈팡질팡했을 거야. 그럼 되도록 조용하고 사람들이 없는 곳으로 갔겠지."

무엇인가 깨달은 듯 예나가 눈을 반짝이며 대답했다.

"그럼 골목길이네요."

"맞아. 골목길에 있는 다세대주택의 지하실이랑 틈새를 살펴봐야겠다. 거기서 못 찾으면 아파트 쪽을 가 보고."

"좀 이따 아영 언니가 퇴근하면 도와준다고 했어요."

"벌써 얘기했니?"

"왜요? 혼자서 찾을 수 있어요?"

핵심을 찌르는 예나의 질문에 탐정은 순간 당황했다.

"사람이라면 혼자 충분히 찾겠지만 고양이 찾는 건 워낙 어려워서 말이야. 일단 우리가 먼저 가서 찾아보자."

탐정의 표정을 살피며 예나가 물었다.

"아저씨, 아영 언니 관캐로 생각하고 있죠?"

"관캐는 또 뭐니?"

"'관심 가는 캐릭터'라는 뜻이에요."

얘기를 들은 탐정은 고개를 절레절레 흔들었다.

"요즘 애들은 정말 못 따라가겠다. 골목길 입구부터 가 보자."

"네!"

작전 회의를 마친 탐정은 예나를 데리고 골목길로 갔다. 내리막 길의 쓰레기통 옆에 웅크리고 있던 길고양이 한 마리가 조심스럽게 몸을 피했다. 혹시나 하고 봤지만 얼룩이였다. 차 한 대가 넉넉하게 지나갈 정도의 골목길 양쪽에는 3층 또는 반지하를 낀 2층 다세대주택들이 있었다. 90년대에 바로 옆 아파트가 재건축될 때 같이 지어져서 모양들이 비슷비슷했다. 아직 퇴근시간 전이라 그런지 골목길에는 택배 차량 한 대와 군데군데 모여서 얘기를 나누는 노인들만 보였다. 탐정이 예나에게 말했다.

"위로 올라가진 않았을 테니까 지하만 뒤지자."

"네."

첫 번째 집의 지하로 내려간 예나의 눈이 휘둥그레졌다.

"이게 다 뭐예요?"

"세탁기, 세발자전거, 싱크대 상판, 눈알이 빠진 인형이 있네. 목이 부러진 선풍기도 보이고."

"그냥 창고로 쓰나 봐요."

"쓸모없는 물건을 두기 딱 좋은 곳이지."

"여긴 없을 거 같은데요."

예나는 인상을 찌푸렸지만, 탐정이 고개를 저었다.

"고양이는 우리가 상상할 수 없는 곳에 숨을 수 있어."

탐정은 예나를 살짝 뒤로 물러서게 한 뒤 완전히 녹이 슨 세탁기와 세발자전거 밑을 살폈다. 아래쪽을 살피느라 탐정의 몸은 점점 바닥과 가까워졌고, 급기야 머리가 땅에 닿고 말았다. 탐정이 안쪽을 살피기 위해 싱크대 상판을 옆으로 밀었는데 상판이 그대로 넘어져 세발자전거와 부딪치면서 우당탕거리는 소리가 났다. 좁은 곳에서 울려 퍼지는 어마어마한 소리에 놀란 두 사람은 뒤도 돌아보지 않고 도망쳤다. 밖으로 나온 탐정과 예나는 먼지투성이가 된 서로의 모습을 보면서 깔깔거렸다. 그렇게 두 사람은 골목길의 다세대주택 지하를 살폈다. 하지만 샬롯의 모습이나 흔적은 보이지 않았다. 그러다가 노영준 부부가 사는 집까지 왔다. 그사이 부부는 기운을 차렸는지 밖에 나와 있었다. 노영준은 전단지를 들고 나와서 담벼락과 전봇대에 붙였고, 양지혜는 집 근처에 뭔가를 뿌렸다. 호기심을 느낀 탐정이 다가가서 물었다.

"뭐 하시는 건가요?"

"샬롯이 쓰던 화장실 모래예요. 이걸 뿌리면 고양이가 냄새를 맡고 돌아온다고 해서요."

"골목길에 있는 주택은 다 살펴봤는데 없었어요. 아파트 쪽을 찾아보겠습니다."

"잘 부탁드립니다. 저희한테는 자식 같은 존재입니다."

그렇게 얘기를 나누는 사이 불쑥 낯선 목소리가 끼어들었다.

"그런다고 고양이가 돌아올 거 같아?"

고개를 돌린 탐정의 눈에 아까 스쳐 지나갔던 깡마른 남자가 보였다. 그 깡마른 몸보다 더 메마른 성격의 소유자, 전설적인 고양이 탐정 레옹이었다. 레옹은 양지혜가 주변에 뿌린 고양이 모래를 보고는 소리를 빽 질렀다.

"그러면 고양이가 더 도망가지!"

발끈한 노영준이 대꾸했다.

"이렇게 하면 샬롯이 냄새를 맡고 돌아올지도 모른다고 했습니다."

"인터넷에서 주절주절 떠드는 얘기 믿지 말라고 내가 몇 번이나 말했어!"

"인터넷에서 본 거 아닙니다. 다른 고양이 탐정에게서 들은 거라고요."

"누구? 그놈들 다 사기꾼이야, 사기꾼!"

레옹이 허연 침을 튀기면서 소리를 치자 양지혜가 남편의 뒤에 숨었다. 노영준이 아내를 다독이면서 말했다.

"아내가 심장이 약하다고 말씀드렸잖습니까! 소리치지 마세요."

"고양이는! 지금 고양이는 길을 잃고 얼마나 힘들겠어!"

"우리가 일부러 샬롯을 내보낸 건 아니잖아요."

"못 견뎌서 나간 거지! 그런 곳에서 어떻게 고양이가 살아!"

양쪽의 말다툼이 길어질 낌새를 보이자 탐정이 끼어들었다.

"길에서 이렇게 떠들지 마시고……."

"넌 또 뭐야!"

눈을 부라리는 레옹에게 탐정이 차분하게 대답했다.

"탐정입니다."

"뭐? 나도 탐정이다. 고양이 탐정 레옹!"

"압니다. 혹시 취하셨어요?"

"뭐라고?"

"말이 앞뒤가 안 맞고 발음이 정확하지 않아서요. 그게 아니면 지나친 흥분 상태인 거 같은데 일단 진정하시죠."

"헛소리하지 말고 꺼져!"

"잘 모르시겠지만 전 이 동네 주민입니다. 그리고 여기서 경찰서 는 254미터 떨어져 있죠. 제가 신고를 하면 경찰차는 3분 이내에 옵니다."

"뭐라고?"

"골목길에서 시끄럽게 떠들어서 동네 주민들을 불편하게 했기 때문에 경찰은 정중하게 집으로 돌아가시라고 요청할 겁니다."

눈치 빠른 예나가 휴대전화를 들고 번호를 누르는 척했다. 그걸 본 레옹이 언짢은 눈빛으로 노려보고는 재빨리 사라졌다. 그런 레 옹의 뒷모습을 보면서 노영준이 중얼거렸다.

"선금으로 30만 원이나 줬는데."

어수선한 상황이 정리되자 탐정이 말했다.

"골목길에는 없는 거 같으니까 아파트 쪽을 뒤져 보겠습니다."

"잘 부탁드립니다. 탐정님."

얘기를 마치고 돌아선 탐정은 예나에게 엄지손가락을 들어 줬다.

"잘했어."

"조수로 쓸 만하죠?"

탐정은 대답 대신 예나의 머리를 장난스럽게 헝클었다.

아파트로 들어선 탐정은 심호흡을 했다. 그걸 본 예나가 물었다.

"떨려요?"

"살짝."

복실이 사건의 아픔이 아직 완전히 가시지 않은 탐정은 우울한 눈으로 아파트 단지를 바라봤다. 20여 년 전에 지어진 복도식 아파트라서 중간중간 이불과 빨래가 널려 있었다. 아파트 단지 중간에는 놀이터와 테니스장, 그 모든 것을 지켜볼 수 있는 경비실이 있었다. 탐정은 놀이터 가운데 서서 주변을 빙 돌아봤다. 골목길에 있는 다세대주택과는 높은 시멘트 담장으로 나눠져 있지만 고양이들에게는 아무런 장애물도 되지 않았다. 오히려 아파트 단지와 다세대주택 사이의 공간은 고양이들에게 살기 좋은 곳이었다. 주변을 살피던 탐정의 눈에 테니스장에서 어슬렁대는 고양이가 보였다. 순간 샬롯인가 싶었지만 덩치도 크고 얼룩덜룩한 코숏이었다. 고양이를 중심으로 보자, 인간만 살고 있으리라 생각했던 공간에서 고양이들도 함께 살아가는 게 보였다. 그리고 이곳 어딘가에 샬롯이 있을 것이다. 불안과 공포, 혼란에 빠진 샬롯은 분명 사람과 다른 고양이의 눈에 띄지 않는 곳에서 웅크린 채 시간을 보내고 있을 것이다. 그러다가 배고픔이 심해지고 다른 고양이들에게 공격을 받으면 체념하고 떠나 버릴 것이다. 그 전에 샬롯을 찾아야만 했다. 주변을 천천히 살피던 탐정은 머릿속에 동네 지도를 떠올려 봤다. 골목길과 건물 하나하나를 떠올리면서 그는 자신이 한 마리의 고양이가 되는 상상을 했다.

'난 지금 허겁지겁 나와서 마음이 불안한 상황이야. 하지만 집에서만 지내서 숲속은 낯설지. 큰길 쪽으로 나가려고 했지만 차 소리와 사람 소리가 들려서 차마 못 가겠어. 그렇다면 남은 건 골목길뿐이야. 사람도 적고, 조용하잖아. 그래 결심했어. 그런데 어디로 가지?'

그렇게 눈을 감고 생각에 잠겨 있던 탐정의 귀에 불만에 가득 찬 아이의 목소리가 들렸다.

"아저씨! 빵빵!"

눈을 뜨자 세발자전거를 탄 남자아이가 화난 눈빛으로 올려다보고 있었다. 옆에 있던 예나가 얼른 비키라는 손짓을 했다. 탐정은 살짝 미소를 지으면서 옆으로 물러났다. 남자아이는 멈췄던 페달을 힘차게 밟았다. 예나가 탐정의 소매를 잡아끌었다.

"저기 아영 언니 와요."

예나가 가리킨 곳에서 정장 차림의 성아영이 걸어오는 게 보였다. 퇴근길에 바로 온 것 같았다. 탐정 앞에 선 성아영이 물었다.

"샬롯은요?"

"여기 다세대주택들을 살펴봤는데 없네요."

"아파트에 있을 거 같아요?"

"어차피 골목길과는 담장으로 연결되어 있으니까요."

"알았어요. 옷 갈아입고 나올게요. 같이 찾아요."

탐정은 고개를 저으며 말했다.

"저녁 먹고 한 시간 후에 봐요."

"지금 한가하게 밥 먹을 때예요?"

탐정이 빙 돌아봤다.

"주변을 봐요. 아직 해가 떨어지지 않아서 놀이터에 어르신들과 아이들이 가득해요."

"아마 겁이 나서 어딘가에 숨어 있겠죠."

"맞아요. 그러니까 해가 떨어질 때까지 기다렸다가 찾아봐요. 샬 롯이 안심할 때가 바로 그때잖아요."

탐정의 애기에 성아영도 한결 편안해진 얼굴로 말했다.

"그럼 한 시간 반 뒤에 여기서 봐요. 밥 먹고 올게요. 커뮤니티에 도 올려서 정보도 좀 캐 보고요."

"어차피 집에서만 살아서 멀리는 안 갔을 겁니다."

"저도 좀 전에 노영준 씨 부부 만나고 왔어요. 레옹이 왔다고 하 던데 만나 봤어요?"

"네. 몹시 까다로운 사람이던데요."

"왕 싸가지 재수 밥맛이죠."

인상을 찌푸리며 성아영이 덧붙였다.

"저도 한 번 의뢰한 적이 있었어요. 레옹이 길길이 날뛰어서 경찰까지 불러서야 겨우 쫓아냈어요."

"그래서 경찰을 무서워했군요."

"뭐라고요?"

성아영의 물음에 탐정이 얼버무렸다.

"아, 아닙니다. 이따가 봐요."

성아영이 멀어지자 뒷모습을 바라보던 탐정이 예나에게 말했다.

"너도 이제 들어가라."

"저도 같이 찾으면 안 돼요?"

"지난번에도 몰래 나온 거였잖아. 해 떨어지면 아이들은 집에 들어가서 씻고 자야 해."

"꼰대 같은 소리 하지 마요."

"해 떨어지기 전까지는 같이 돌아다녀도 좋아. 어차피 샬롯을 금방 찾을 거 같진 않으니까."

"알았어요."

예나가 터덜터덜 집으로 돌아가는 걸 확인한 탐정은 다시 아파트를 한 바퀴 돌았다. 어둠이 찾아오면서 사람들이 차츰 사라지고 길고양이들이 조심스럽게 나타났다. 하지만 샬롯은 어디에도 없었다. 아마 두려움에 떨면서 어둠 속 어딘가에 조용히 웅크리고 있을 것이다. 씁쓸한 표정을 지은 탐정은 사무실로 향했다.

　사무실에서 간단하게 끼니를 때운 뒤 남는 시간 동안 컴퓨터로 동네 지도를 들여다봤다. 산자락에 자리한 대규모 아파트 단지를 중심으로 주변에 다세대주택들이 자리 잡은 전형적인 서울 변두리였다. 30대 직장인 부부들과 노년층이 많이 살아서 상대적으로 애완동물을 기르는 사람들도 늘어났다. 덕분에 길고양이들이 많아지면서 이따금 사람들 사이의 갈등으로 이어지기도 했다. 탐정만 해도 늦은 밤에 들려오는 고양이 울음소리에 잠을 설친 적이 많았으니까 말이다.

　샬롯이 있을 법한 골목길 다세대주택은 샅샅이 뒤져 봤지만 없었다. 이곳 아파트도 살펴보려 했으나 탐정은 어쩐지 여기에도 없을 거 같다고 생각했다. 길고양이들이 이미 자리를 잡은 상태라서 쉽게 파고들지 못했을 것 같았다. 이런저런 생각에 잠겨 있던 탐정은 시간이 다 되었음을 깨닫고는 서둘러 사무실을 나왔다. 약속 장소인 놀이터에는 성아영이 먼저 나와 있었다. 해가 떨어져서 그런지 놀이터는 고요했다. 성아영은 지난번에 입었던 운동복 차림에 머리를 질끈 묶었다. 손전등까지 든 성아영이 탐정에게 말했다.

　"아까 어디까지 봤어요?"

　"아파트는 놀이터 정도만 살펴봤어요."

"그럼 후문 쪽 9단지부터 이쪽으로 올라가 봐요. 거기에 큰 화단이 있거든요."

"좋아요."

탐정은 앞장서 걷는 성아영의 뒤를 따랐다. 주민자치센터 앞을 지나가던 성아영이 갑자기 발걸음을 멈추더니 계단을 올라갔다. 그리고 유리문에 붙은 종이를 유심히 봤다. 탐정도 뒤따라 올라가면서 물었다.

"뭡니까?"

성아영은 대답 대신 안내문을 보라고 눈짓을 했다. 탐정이 종이에 적힌 글을 또박또박 읽었다.

"제28차 주민간담회 결과 민원 사항과 그에 대한 처리 사항을 다음과 같이 발표합니다."

"다른 건 볼 필요 없고 두 번째를 보세요."

탐정은 첫 번째를 건너뛰고 두 번째를 읽었다.

"둘째, 도둑고양이를 퇴치하겠습니다. 우리 관내에는 도둑고양이들이 많습니다. 이 고양이들은 진드기를 비롯해서 각종 병균을 아이들에게 옮깁니다. 그리고 전기선을 긁어서 누전의 원인을 제공합니다. 주차된 차를 긁고 배설물로 더럽히는 일도 많습니다. 음식물 쓰레기봉투를 뜯어서 악취를 풍기는 일도 빈번합니다. 주민자치센터에서는 백해무익한 도둑고양이들의 중성화 수술을 적극 실시하겠습니다. 셋째……."

"요즘이 어떤 시대인데 '도둑고양이'라는 표현을 쓰는지 모르겠어요. 거기다 맞지도 않는 얘기를 하고 있잖아요. 이게 선동이 아니고 뭐예요."

"그래서 어떡하려고요?"

"어떡하긴요. 민원 넣어야죠. 구청 사회복지과 반려동물 팀에 전화로 항의할 거예요. 이 지역 국회의원에게도 알릴 거고요."

탐정은 성아영의 행동력 하나는 끝내준다고 속으로 생각하며 물었다.

"중성화 수술을 하면 갈등 상황이 조금 나아지지 않을까요?"

탐정의 말에 앞장서 걷던 성아영이 홱 돌아섰다.

"중성화 수술은 고양이의 번식을 막는 거지 특정 구역에서 없앨 수 있는 수단이 아니에요. 해 봤다가 효과가 없으면 다른 방법을 쓰겠죠."

"다른 방법이라면 어떤 거요?"

"몇 년 전에 강남의 어떤 아파트에서 지하실 문을 잠가 버린 적이 있어요. 그래서 추위를 피해 안으로 들어갔던 길고양이 수십 마리가 그대로 굶어 죽고 말았죠. 작년에는 소독을 핑계로 지하실에 유독 성분이 있는 살충제를 뿌려서 길고양이들을 죽이려고 했던 일도 있었고요."

"길고양이 때문에 불편해하는 사람도 있으니까요."

그러자 성아영의 눈이 촉촉해졌다.

"알아요. 하지만 길고양이들은 사람 때문에 생겨났다고요. 집에서 기르던 고양이들을 이런저런 이유로 버린 게 원인이 된 거죠. 거기다 사람들이 내놓은 음식물 쓰레기 때문에 개체수가 유지될 수 있었던 거예요. 특정 지역에서 길고양이들을 다 죽이거나 쫓아낸다고 해도 오래 못 가요. 다른 지역에 있던 길고양이들이 넘어오니까요."

"결국 공존해야 한단 말이군요."

"저는 공존이라는 말도 싫어해요. 마치 사람이 고양이에게 같이 사는 걸 허락해 주는 느낌이잖아요. 그냥 사람이 사는 것처럼 고양이도 살 자격이 있어요."

성아영의 말을 잠자코 듣던 탐정은 복실이를 찾아 헤매던 때를 떠올렸다. 성아영을 협박하던 아저씨와 길고양이들을 붙잡아서 괴롭히던 불량 고딩. 그들은 자신의 증오를 고양이에게 쏟아부었다.

"그게 안전하니까."

탐정이 중얼거리는 소리를 듣고 성아영이 물었다.

"뭐라고요?"

"고양이를 괴롭히는 일이요. 법적인 처벌을 받지 않으니까 상대적으로 분노를 표출하기 쉽다는 뜻입니다."

"캣맘들도 마찬가지예요. 대부분 힘없는 여성이니까 그 아저씨처럼 분풀이를 하는 사람들이 많아요. 실제 폭행 사건도 몇 건 있었고요."

"결국 사람이 문제군요."

탐정이 내린 우울한 결론에 성아영이 고개를 끄덕였다.

"사람이 문제죠."

어느새 두 사람은 아파트 단지 후문에 도착했다. 상대적으로 인적이 드물고 주변에 화단이 조성되어 있어서 샬롯이 숨어 있기에 적당해 보였다. 성아영이 손전등을 켜면서 말했다.

"저는 주차된 차들 바닥을 살펴볼게요. 화단 쪽을 봐 주세요."

"알았어요."

성아영이 무릎을 꿇고 자동차 밑을 손전등으로 비추는 걸 잠시 지켜보다가 탐정은 화단 속으로 들어갔다. 그리고 낮은 목소리로 샬롯을 불렀다.

"샬롯, 어딨니?"

나긋나긋한 그의 목소리가 이제 막 깔린 어둠 속으로 퍼져 나갔다. 화단을 조심조심 헤쳐 나가면서 부드럽게 샬롯의 이름을 부르던 탐정은 뭔가를 발견하고는 발걸음을 멈췄다. 탐정의 목소리가 들리지 않자 손전등으로 자동차 밑을 살피던 성아영이 다가왔다.

"왜요?"

탐정은 대답 대신 턱으로 자신이 발견한 것을 가리켰다. 화단의 꽃 사이에 시커멓게 썩은 고양이 사체가 있었다. 그걸 본 성아영이 손으로 입을 가린 채 돌아섰다. 그러고는 떨리는 목소리로 물었다.

"샬롯이에요?"

"아닙니다."

"어떻게 그렇게 확신해요?"

"갈비뼈가 드러날 정도로 부패가 진행되었으니까요."

성아영이 우울한 목소리로 말했다.

"길고양이들은 집에서 기르는 고양이보다 수명이 훨씬 짧아요. 먹을 것이 없고, 추위에 노출되니까요. 거기다 각종 질병에 걸릴 확률이 높고 로드킬을 당할 위험성도 많아요. 대부분은 둘째 해를 못 넘기죠. 세상은 길고양이들이 살기에는 너무 가혹해요."

탐정은 울먹거리는 성아영을 위로했다.

"지금까지 샬롯을 보지 못했잖아요."

"그게 무슨 말이에요?"

"겁에 질려서 우왕좌왕했다면 진즉 발견됐을 겁니다. 하지만 보이지 않는다는 얘기는 어딘가에 얌전히 숨어 있다는 얘기죠."

"추측인가요? 추리인가요?"

탐정은 자신만만하게 대답했다.

"사실 그 둘은 크게 다르지 않아요. 추측이 맞으면 추리가 되는 거죠."

"그럼 샬롯은 어디쯤에 있을지 추측해 봐요."

화단을 쭉 둘러본 탐정이 대답했다.

"여기에도 없을 거 같아요."

"왜요?"

"다른 길고양이들도 안 보이잖아요. 아마 이 사체 때문에 피한 거 같아요. 거기다 주차장이 있는 곳과 가까워서 차들이 항상 드나들어요. 여기에 터를 잡은 길고양이면 몰라도 샬롯이 있을 곳은 못 되죠."

"그 말을 들으니까 안심이 되네요. 그럼 어디 있을까요?"

"아까 사무실에서 고민해 봤는데요. 아마······."

탐정의 주머니에서 휴대전화 벨소리가 들렸다. 액정 화면에는 예나의 이름이 찍혀 있었다. 탐정이 전화를 받자 예나의 흥분한 목소리가 들렸다.

"아저씨, 재밌는 걸 찾았어요!"

"목소리를 들어 보니까 엄청 재미난 걸 찾은 모양이구나."

"여기 새나라마트 네거리 빵집 2층에 있는 피시방이에요. 얼른 와 보세요."

"너, 집에 안 갔구나."

"어서요. 빨리 와요."

그걸로 전화가 끊겼다. 탐정은 휴대전화를 주머니에 넣으면서 성아영에게 말했다.

"일단 가 보죠."

두 사람이 피시방 유리문을 열고 들어가자 안쪽에 앉아 있던 예나가 손을 번쩍 들었다.

"여기예요. 여기."

양쪽에 있는 의자들을 헤치고 안으로 들어선 탐정에게 예나가 호들갑을 떨었다.

"이거 보세요. 이거."

화면에 보이는 것은 '고양이 집사들의 모임'이라는 커뮤니티였다. 예나가 문의 게시판의 글 하나를 마우스로 클릭했다. 탐정은 날짜를 먼저 확인했다.

"3년 전 게시글이네."

"네. 좀 이상해서 찾아봤더니 이게 나왔어요."

예나가 찾아낸 게시글은 '어떡하죠? 진짜 고민이에요.'라는 제목이었다. 녹색 눈의 페르시아고양이 사진 아래에 하소연이 쓰여 있었다.

"임신한 아내가 고양이 알레르기 때문에 심하게 고통받는 중입니다. 고양이를 맡아 주실 분 있나요? 임보라도 맡기고 싶은데, 정 맡는 분이 없으면 최악의 결정을 내려야 할지도 모릅니다."

"말도 안 돼!"

탐정의 옆에 서서 모니터를 들여다보던 성아영이 짜증을 냈다. 그러자 탐정이 물었다.

"임신한 부인이 고양이 알레르기 때문에 고생한다면 충분히 생각해 볼 수 있는 일 아닙니까?"

"아무리 그래도 저런 식으로 글을 올리면 어떡해요? 최악의 결정이라니, 고양이를 길바닥에 버릴 수도 있다는 뜻이잖아요."

두 사람의 얘기를 듣던 예나가 끼어들었다.

"글을 올린 사람 아이디로 검색을 해 봤는데 진짜 버렸는지도 몰라요."

"진짜?"

성아영이 도저히 믿을 수 없어 하자 예나가 검색으로 찾은 글들을 보여 줬다. 허리를 숙여 모니터를 들여다보던 성아영이 중얼거렸다.

"진짜 그랬을 수도 있겠네."

"무슨 내용인데요?"

탐정이 묻자 성아영이 대답했다.

"이 정신 나간 부부의 글을 본 캣맘 한 명이 직접 찾아갔나 봐요. 그랬더니 집에 고양이가 없었다는 내용의 글이네요. 어디 갔냐고 물으니까 횡설수설한 걸 보면 진짜 버렸을 수도 있겠네요."

"그런데 이 글을 왜 보여 주는 건데?"

탐정의 물음에 예나가 모니터를 바라보면서 대답했다.

"이 글을 쓴 사람이 오늘 만난 노영준 아저씨 같아요."

탐정이 믿을 수 없다는 듯 말했다.

"설마, 오늘 보니까 고양이를 굉장히 좋아하던데?"

"여기 보세요. 이름이랑 주소가 똑같잖아요."

예나 말대로 글을 올린 것은 노영준이었다. 옆에서 지켜보던 성아영이 휴대전화를 꺼내면서 탐정에게 말했다.

"이 사람 집에 찾아갔던 캣맘한테 물어볼게요. 제가 아는 캣맘이에요. 제시 킹콩."

"그럼 아영 씨 아이디는요?"

"진달래 깡패요."

대수롭지 않게 대답한 성아영이 통화 버튼을 누른 뒤 휴대전화를 귀에 대고 피시방을 나갔다. 그 모습을 보고 있던 탐정에게 예나가 물었다.

"근데 3년 뒤에는 고양이를 소중하게 기르고 있네요. 이게 가능할까요?"

"3년이면 변할 수도 있는 시간이지."

"그동안 무슨 일이 있었던 걸까요?"

예나의 물음에 탐정은 통화를 마치고 들어온 성아영을 바라보면서 대답했다.

"그건 내일 물어봐야지."

씩씩대면서 돌아온 성아영이 두 사람에게 말했다.

"물어봤는데 맞대요."

"진짜?"

탐정의 되물음에 성아영이 고개를 끄덕였다.

"그 캣맘이랑 통화했어요. 지금은 과천으로 이사를 가긴 했는데, 그 집도 기억하고 있고 이름도 확인했어요."

탐정은 복잡해진 얼굴로 예나가 보고 있는 모니터를 바라봤다. 거기에는 '최악의 결정'이라는 말까지 쓴 노영준의 글이 남아 있었다.

다음 날 아침, 탐정은 예나와 함께 노영준의 집을 찾아갔다. 며칠 동안 휴가를 낸 노영준은 집에서 전단지를 정리하고 있었다. 반가운 표정으로 맞이한 노영준은 탐정의 굳은 얼굴을 살피고는 말이 없어졌다.

"혹시 샬롯이……."

"아뇨. 아직 못 찾았습니다. 그 전에 확인할 게 좀 있어서요."

분위기가 심상치 않다고 느꼈는지 부부는 한동안 아무 말이 없었다. 탐정은 들고 온 태블릿으로 어제 예나가 찾은 글들을 보여 줬다. 양지혜의 얼굴이 파랗게 질렸다.

"저, 그러니까."

"이 글을 올린 사람이 노영준 씨라는 걸 이미 확인했습니다."

"맞습니다. 제가 올린 게 맞아요."

"설명이 좀 필요한 상황이네요."

탐정의 말에 노영준이 마른침을 삼켰다.

"3년 전에는 아내의 임신을 핑계로 기르던 고양이를 내버린 사람이 지금에 와서는 왜 이 난리를 치느냐는 말씀이시죠? 아니면 고양이를 어디다 버리고 혹시나 들킬까 봐 고양이 탐정을 부르고 쇼를 하는 게 아닌가라는 의심도 들고요."

"사실 왜 샬롯에 집착하는지는 알고 있습니다."

"뭐라고요?"

"아이 때문이죠. 정확하게는 지금 없는 아이."

옆에 있던 예나가 무슨 뜻인지 몰라서 눈을 껌뻑거렸다. 탐정의 말에 양지혜가 비틀거리면서 일어나 안방으로 들어갔다. 아내가 문을 닫는 소리를 들은 노영준이 땅이 꺼져라 한숨을 쉬었다.

"아이 얘기는 어떻게 아셨습니까?"

"샬롯이 쓰는 방을 보여 줬을 때 짐작했습니다. 벽지 색깔이 고양이가 아니라 사람, 특히 아이한테 맞춰진 거 같아서요."

노영준이 지갑에서 사진 한 장을 꺼냈다. 초음파 사진 속에는 아이의 모습이 보였다.

"시완이입니다. 회사에서 사내 연애를 하고 결혼한 지 3년이 넘었는데도 아이가 없었습니다. 둘 다 건강해서 아무 걱정이 없었는데 굉장히 당황스러웠어요. 그래서 병원도 다녀 봤는데 원인을 알 수 없다고 해서 포기하고 있다가 고양이를 길렀죠. 미미라는 이름의 페르시안입니다."

"그러다가 아내분이 임신을 하셨군요."

"네. 너무 기쁘고 행복했습니다. 그런데 아내가 자꾸 몸이 안 좋아졌어요. 걱정하던 차에 누가 고양이 알레르기 같다고 했습니다. 실제로 아내의 팔과 목이 벌겋게 부었거든요."

"그래서 미미를 버릴 결심을 했군요."

탐정의 물음에 노영준이 힘없이 고개를 떨궜다.

"지금 생각하면 어처구니없는 일이었죠. 하지만 그때는 다른 방법은 떠오르지 않았습니다. 그래서 극단적인 짓을 저질렀죠."

"그 고양이는 어디다 버렸습니까?"

"경기도 남양주까지 차를 몰고 가서 버렸습니다. 그리고 뒤도 안 돌아보고 돌아왔죠. 돌아온 직후에 동네 캣맘이 찾아와서 고양이를 어디다 뒀냐고 해서 임보를 보냈다고 둘러댔습니다."

"아이는 어떻게 된 겁니까?"

"알고 보니 다른 이유로 아내 몸이 안 좋은 거였어요. 그래서 미미를 버리고 얼마 뒤에 하혈을 심하게 하면서 결국 유산하고 말았습니다. 그때 수술하면서 자궁을 들어내는 바람에 더는 임신을 할 수 없게 되었습니다. 몸도 많이 안 좋아졌고, 마음도 크게 상해서 직장을 그만두고 집에서 쉬게 됐죠."

"많이 힘드셨겠네요."

"아내가 퇴원하던 날 저에게 그러더군요. 미미 일로 벌 받은 거 같다고 말이죠."

"뭐라고 대답하셨습니까?"

"그럴 리가 없다고 얘기했지만 저도 같은 생각이었습니다. 버리고 돌아온 날 꿈을 꿨거든요."

"그 후에 샬롯을 기르신 건가요?"

"오랫동안 아내와 함께 고민했습니다. 그러다가 아이를 잃은 게 어쩌면 고양이를 다시 기르라는 하늘의 뜻일지 모른다는 생각이 들었습니다. 다행히 샬롯을 기르면서 아내의 우울증이 나았어요."

노영준이 눈물을 글썽거리며 덧붙였다.

"샬롯이 없어진 후에 아내가 계속 불안해합니다. 우리 부부가 과거에 나쁜 짓을 한 건 사실이지만 샬롯에게는 진심으로 애정을 쏟았습니다. 꼭 찾아 주십시오."

잠시 생각에 잠겨 있던 탐정이 말했다.

"알겠습니다. 계속 찾아보지요."

"고맙습니다. 정말 고맙습니다."

"이만 가 보겠습니다."

밖으로 나온 탐정에게 예나가 물었다.

"이제 어디에서 찾아요?"

"샬롯이 이 골목길로 도망쳤다고 생각해 봐. 양옆에 있는 다세대 주택에 숨지 않았다면 어디로 갔을까?"

"아파트?"

"거긴 길고양이들이 많아서 쉽사리 자리를 못 잡아. 아마 갔다가 다른 고양이들의 공격을 받고 어디론가 피했을지도 몰라."

"어디요? 산으로요?"

"거기 말고 저쪽으로 갔을 거야."

탐정이 가리킨 곳은 골목길 끝 오르막길 위에 있는 길림아파트였다.

"저기까지 갔을 거 같진 않은데요. 너무 멀어요."

"우리한테는 그렇지. 하지만 고양이한테는 안 그럴 수도 있단다. 어차피 남은 곳은 저기밖에 없잖아. 저기랑 골목길 다시 살펴보고 안 되면 아래쪽 아파트랑 큰길 쪽으로 찾아보자."

"알았어요."

골목길 안쪽으로 들어갈수록 햇빛이 줄어들었다. 그리고 햇빛이 줄어든 만큼 집도 줄었다. 골목길 중간까지는 그래도 다세대주택으로 증축했지만 안쪽 골목의 집들은 예전의 양옥이나 2층 주택이 조금 남아 있을 뿐이었다. 몇 군데 새로 지은 다세대주택도 방을 작게 만들었다. 그 골목길 끝에 길림아파트로 올라가는 가파른 오르막길이 있었다. 야트막한 산의 꼭대기에 지은 탓에 제법 높은 곳에 있었다. 오르막길을 올려다본 예나가 중얼거렸다.

"여긴 고양이도 못 올라가겠어요."

"생각해 봐. 샬롯은 길고양이들이 없는 곳을 죽을힘을 다해서 찾았을 거야. 그러다가 이 골목길 끝까지 왔어. 그리고 여기로 올라가기로 한 거지. 다른 고양이가 별로 없는 곳을 찾아서 말이야."

탐정의 설득에 예나는 결국 오르막길을 올랐다. 헉헉대며 오르던 예나가 멀쩡한 탐정을 보고 물었다.

"아저씨는 괜찮아요?"

"나야 당연히 괜찮지."

살짝 다리가 휘청거렸지만 꾹 참고 대담한 탐정은 길림아파트를 바라봤다. 크고 현대적인 저 아래쪽 아파트 단지와는 달리 길림아파트는 초라했다. 네 동의 5층 아파트가 전부였고, 산자락에 만들어 놓은 놀이터는 말만 놀이터지 너무 볼품없었다. 주변을 돌아본 예나가 입을 다물지 못했다.

"와! 저기 현관 지붕에 있는 거 항아리 맞아요? 신기하다!"

"여긴 산꼭대기에 있는 데다가 가격이 싸서 저소득층이 주로 사는 곳이야. 시간이 좀 느리게 흘러가지."

"그런데 여기에 샬롯이 있을 만한 곳이 있을까요? 어디부터 찾아야 해요?"

"일단 가능성은 낮지만 아파트 현관 지붕부터 보자. 그다음에 지하실과 화단을 봐야지."

"너무 작아서 숨을 곳도 없겠어요."

"대신 다른 길고양이들이 없잖아. 그러니까 잘 찾아보자."

탐정은 의심스러워하는 예나를 다독거렸다.

아파트 현관 지붕에는 별의별 것이 다 있었다. 녹슨 자전거부터 오래된 스텐드, 낡은 신발과 꼭 묶여 있는 비닐봉투들이 뒹굴었다. 하지만 그곳에서는 샬롯을 찾지 못했다. 엘리베이터가 없어서 계단을 오르내리며 예나가 툴툴거렸다.

"여기엔 진짜 없는 거 같아요."

"아직 우리에게는 지하실이 남아 있단다."

"여기 지하는 귀신 나올 거 같아요."

예나의 말에 탐정은 휴대전화의 손전등 기능을 켜면서 대답했다.

"이 빛이 쫓아 줄 거다."

제일 끝에 있는 아파트부터 찾기로 한 두 사람은 지하로 내려갔다. 다행히 녹슨 철문은 반쯤 열려 있어서 수월하게 들어갈 수 있었다. 안으로 들어간 예나는 손으로 입을 막았다.

"아흑, 먼지."

"조심해서 살펴봐. 파이프 같은 게 있으니까 머리 조심하고."

뿌연 먼지가 유령처럼 떠도는 지하실은 머리 위를 가로지르는 크고 작은 파이프와 용도를 알 수 없는 금속 탱크로 채워져 있었다. 지하실은 주민들이 가져다 놓거나 버린 물건으로 가득했다. 그걸 본 예나가 말했다.

"여기도 다세대주택 지하랑 비슷하네요."

"맞아. 좀 더 크다뿐이지. 바닥에 유리 같은 거 있을지 모르니까 조심해라."

"네."

두 사람은 조심스럽게 어둠 속으로 들어갔다. 안쪽에는 둘둘 말린 현수막과 행사 때 썼던 것으로 보이는 전단지 뭉치들이 보였다. 바닥에는 먼지가 워낙 많이 쌓여 있어서 걸을 때마다 먼지가 풀풀

날렸다. 탐정은 손전등으로 이리저리 비추면서 샬롯의 흔적을 찾았다. 하지만 어디에도 샬롯은 보이지 않았다.

"아저씨! 잠깐만요."

반대쪽으로 가 있던 예나의 외침에 탐정은 그리로 향했다. 시멘트 기둥 아래 쪼그리고 앉은 예나가 손가락으로 바닥을 가리켰다.

"여기 고양이털이 있어요."

손전등으로 비추자 바닥에 수북하게 쌓인 털들이 보였다. 그중 하나를 조심조심 집어 든 탐정이 손전등 불빛에 비춰 봤다.

"노란색이네."

탐정의 말에 예나가 흥분한 목소리로 말했다.

"샬롯이 치즈잖아요. 여기 있던 게 아닐까요?"

"다른 길고양이일 수도 있어. 좀 더 찾아보자."

"알았어요."

예나는 샬롯을 부르면서 구석구석을 살폈다. 탐정도 샅샅이 뒤졌다. 그러다가 벽 쪽 기둥 뒤에서 뭔가를 찾아냈다. 그게 뭔지는 금방 알아차렸지만 왜 여기 있는지를 생각해 보기 위해서는 잠시 시간이 필요했다. 결론을 내린 탐정은 그것을 발로 가볍게 걷어찼다. 철망으로 만들어진 포획 틀은 털커덩 소리를 내면서 문이 닫혀 버렸다. 그 소리를 들은 예나가 다가왔다.

"뭐예요?"

"고양이 포획 틀이야. 누가 설치한 모양이다."

"관리 사무소 아저씨들일 거예요. 그 아저씨들은 고양이를 정말 싫어하거든요."

"그 사람들은 아닐 거야."

"왜요?"

탐정은 그들이 들어온 입구 쪽을 바라보면서 말했다.

"입구가 잠겨 있지 않고 고양이에게 먹이를 주지 말라는 경고문도 없었잖아."

"그러네요. 그럼 캣맘들이 중성화 수술을 시키기 위해 잡으려 한 걸까요?"

"누군가 고양이를 잡기 위해서 설치했을 거야."

"누가요?"

예나의 물음에 탐정은 바로 대답했다.

"레옹."

"그 사이코가요? 의뢰인한테 그렇게 난리를 쳤잖아요."

"의뢰인한테 난리를 친 거지 고양이를 안 찾는다고 한 건 아니니까."

"설마요."

"레옹도 나처럼 노영준 부부의 과거를 알아냈을 거야. 그래서 더 크게 화를 냈던 것 같고."

"그래도 고양이를 따로 찾아다닐 이유가 없잖아요."

"아마 샬롯을 잡으면 그 부부에게 돌려주지 않으려고 했겠지."

"왜요?"

"자격이 없다고 얘기했던 거 기억나지?"

탐정의 말을 들은 예나의 눈이 커졌다.

"그러니 고양이를 돌려주지 않을 게 분명해."

"맙소사. 그 부부는 샬롯 없으면 못 견딜 텐데요."

"그러니까 우리가 먼저 찾아야지."

두 사람은 지하실을 돌면서 누군가 사용한 것으로 보이는 포획틀을 몇 개 더 발견했다. 다행히 샬롯이 안에 갇혀 있지는 않았다. 밖으로 나와 깨끗한 공기를 마신 두 사람은 다른 동 지하로 내려갔다. 그곳에도 포획 틀이 있었지만 샬롯은 없었다. 그렇게 아파트 지하를 다 뒤졌는데도 샬롯의 흔적은 보이지 않았다. 마지막 동 지하실을 살펴보고 밖으로 나온 예나는 한숨을 크게 내쉬었다.

"여기도 없네요. 어디로 간 걸까요?"

예상이 빗나간 탐정 역시 당황스럽기는 마찬가지였다.

"일단 놀이터랑 화단 쪽을 더 살펴보자."

산자락에 있는 작은 놀이터에는 녹슨 놀이기구들 사이로 큰 거미줄이 군데군데 있었다. 아래쪽 아파트 단지 놀이터와는 완전 다른 모습에 예나가 말했다.

"그래서 아래쪽 놀이터로 와서 놀았던 거구나."

"뭐라고?"

"이 아파트 아이들이요. 저기 아래 아파트 단지 놀이터로 내려가서 놀았거든요. 그거 때문에 경비원 아저씨들이 다른 곳에 사는 아이들을 쫓아내는 바람에 저도 한동안 못 놀았어요."

"이런 데서 놀다가는 귀신이랑 마주칠 수도 있겠다."

"어쨌든 샬롯은 보이지 않네요."

"앞쪽 주택 단지와 너무 가까워. 숨어 있기에 적당한 곳도 없고."

"그럼 애는 대체 어디로 간 거죠? 도망 나온 고양이라 분명 멀리 가지는 못했을 텐데요."

예나의 질문에 탐정은 곰곰이 생각에 잠겼다. 동네에서 샬롯이 있을 법한 곳은 모두 찾았지만 보이지 않았다. 그 얘기는 더 깊숙한 곳에 숨어 있든지 아니면 더 멀리 갔다는 것을 의미한다. 하지만 범위를 넓힐 경우 찾아야 할 곳이 더 많아진다. 생각에 잠긴 탐정 옆에서 예나가 혼잣말을 했다.

"누가 데려갔나?"

그 얘기를 들은 탐정은 누군가를 떠올렸다. 자신 있는 미소를 지은 탐정은 시간을 확인했다. 슬슬 그들이 나올 시간이었다. 바바리코트의 깃을 바짝 세운 탐정이 예나에게 말했다.

"가자."

"어디로요?"

"샬롯을 봤을 만한 사람이 떠올랐어."

탐정이 나타나자 다세대주택 사이에 짱박혀서 담배를 피우던 불량 고딩 패거리들은 주춤거렸다. 무리 중에 여자애와 범생이가 보이지 않았다. 그것을 확인한 탐정이 씩 웃자 불량 고딩 대빵이 인상을 확 찌푸렸다.

"뭐가 그렇게 좋아요?"

"이름이 뭐냐?"

탐정의 물음에 대빵이 퉁명스럽게 대꾸했다.

"나범진인데요. 왜요?"

탐정은 예나에게 건네받은 만 원짜리 한 장을 흔들었다.

"범진아, 뭐 좀 물어볼게 있어서 왔어."

"뭔데요?"

"치즈색 고양이이고 턱 밑은 하얀색이야. 2살쯤 되었으니까 덩치는 중간 정도 되겠네. 그 고양이를 찾고 있어."

"이 동네 도둑고양이들이 얼마나 많은 줄 아세요? 치즈색만 해도 열 마리는 될 거예요."

만 원짜리 한 장을 더 꺼낸 탐정이 말했다.

"물론 그렇지. 하지만 집을 나온 지 며칠 안 된 고양이라 길고양이랑은 다를 거야. 혹시 본 적 있니?"

그때 예나가 탐정의 옆구리를 찌르며 샬롯의 전신사진이 있는 전단지를 건넸다. 전단지를 넘겨받은 범진이가 패거리들을 돌아봤다.

"본 사람?"

그러자 뒤쪽에서 담배연기를 내뿜던 한 명이 다가와서 귓속말을 했다. 뭔가 알았다는 표정으로 범진이가 탐정을 돌아봤다.

"두 장 더 얹어 주면 얘기할게요."

"지금 한 장 주고 나머지 한 장은 얘기가 믿을 만하면 줄게."

"날 못 믿는 거예요?"

"지금 이 상황에서 내가 널 믿는 게 이상하지, 안 그래?"

핵심을 찔린 범진이가 우물쭈물하자 탐정이 말했다.

"싫으면 이 한 장도 없는 거다."

"알았어요. 따라오세요."

주머니에 손을 찔러 넣은 범진이가 패거리들에게 이따가 편의점 앞에서 보자고 하고는 앞장서 걸었다.

범진이가 탐정과 예나를 데려간 곳은 어제 지하를 뒤졌던 다세대주택의 옥상이었다. 알루미늄 새시로 된 문을 열고 옥상으로 들어선 범진이에게 탐정이 물었다.

"여기에서 샬롯을 봤니?"

"아뇨. 저쪽을 보세요."

범진이가 가리킨 곳은 길 건너편의 또 다른 다세대주택이었다. 그곳은 옥상 한쪽에 작은 옥탑방이 있었다. 더위 탓인지 창문을 활짝 열어 놔서 방 안이 보였다. 벽걸이 선풍기 아래 러닝셔츠 차림의 중년 남성이 보였다. 범진이가 탐정에게 말했다.

"저 아저씨 혼자 사는 백수거든요."

"그걸 어떻게 알아?"

"몇 번 시비 붙어서 잘 알죠. 대낮에도 저러고 있으면 백수지 뭐예요."

그때 러닝셔츠 차림의 중년 남성이 이쪽을 돌아봤다. 세 사람은 약속이나 한 듯 재빨리 몸을 숨겼다. 중절모를 벗은 탐정이 살짝 고개를 들고 바라봤다.

"저 사람 누군지 알 거 같은데."

"아저씨가 어떻게 아세요?"

범진이의 물음에 탐정이 대답했다.

"임성순, 캣맘 괴롭히는 걸 봤어."

탐정이 범진이에게 물었다.

"근데 저 사람은 왜 보여 준 거야?"

"고양이 잡는 걸 본 적이 있어요."

"정말?"

탐정이 못 믿겠다는 표정으로 묻자 범진이가 고개를 살짝 내밀고 맞은편을 바라봤다.

"쥐덫 같은 걸로 고양이를 잡아요. 그래서인지 가끔씩 저기에서 고양이 울음소리도 들리고요."

"직접 본 거야?"

"그럼요. 똘마니 중에 하나가 어젠가 엊그제 저 아저씨가 들고 가는 덫 안에 노란색 고양이가 있었다고 말했어요."

"샬롯이 확실해?"

"사진이랑 똑같다고 했어요. 도둑고양이들은 뒤룩뒤룩 살이 쪘는데 걘 말라깽이였대요."

탐정은 비로소 샬롯이 어디에도 없었던 이유를 알게 됐다. 집을 나온 다음 날 누군가에게 붙잡혔던 것이다. 추측했던 대로이긴 하지만 문제는 이제부터였다.

"그다음에는?"

"그거까진 모르겠어요. 이 정도면 됐죠?"

범진이가 엄지와 검지를 비비면서 돈을 내놓으라는 손짓을 했다. 탐정이 만 원짜리를 건네자 범진이가 허연 이를 드러내며 씩 웃었다.

"그럼 수고해요, 탐정 아저씨."

사라진 범진이의 뒷모습을 보던 예나가 투덜거렸다.

"완짜야, 완짜."

"그거 무슨 뜻인지 알겠다. 완전 짜증 난다는 뜻이지?"

예나는 고개를 끄덕거렸다. 그러고는 건너편 임성순의 옥탑방을 바라봤다.

"저 아저씨가 기르려고 잡아간 건 아니잖아요. 캣맘들을 싫어했다면 고양이도 안 좋아했다는 얘기니까요."

"그렇지."

"어제인가 엊그제면 늦었잖아요."

"그렇긴 한데 말이야. 저 아저씨가 샬롯만 잡아간 건 아닐 거야. 만약 샬롯을 죽였다면 처벌을 받게 해야지. 주인이 없는 길고양이도 아닌데."

"어떻게요? 증거도 없을 텐데."

"일단 고양이를 잡았다는 증거를 찾아야지. 그다음에는 그 고양이들을 어떻게 했는지 알아내야 하고."

"우린 그냥 샬롯만 찾아요. 저 아저씨 무섭단 말이에요."

울상이 된 예나에게 탐정이 물었다.

"저 아저씨 아니?"

"그럼요. 저 집 주인 아저씨가 완전 미치려고 한대요."

"왜?"

"1년 넘게 월세를 안 내고 버티고 있으니까요. 돈 받으려고 올라가면 살기 고단한데 확 불이나 지르고 싶다는 바람에 끽소리 못 하고 있대요."

탐정은 임성순의 증오가 고양이보다는 세상을 향해 있음을 깨달았다. 하지만 섣불리 세상을 상대했다가는 어떤 피해를 입을지 모르니 상대적으로 만만한 고양이에게 나쁜 짓을 한 것이다. 예전 경찰 시절에 마주쳤던 수많은 연쇄살인마를 떠올린 탐정이 단호하게 말했다.

"탐정의 임무는 사건을 해결하는 것이지만 막는 일도 필요해. 샬롯은 늦었을지 모르지만 다른 고양이들은 지켜야 하잖아."

"영화 보면 이렇게 나서다가 죽던데요."

무서워하는 예나를 옆에 두고 살짝 고개를 들어서 임성순을 살피던 탐정은 그가 창문에서 보이지 않는다는 것을 깨달았다.

"자고 있나?"

좀 더 고개를 내밀고 보려던 탐정을 예나가 잡아끌었다.

"저기, 아래에 있어요."

문을 열고 골목길로 나온 임성순이 보이자 탐정은 잽싸게 고개를 숙였다. 입에 담배를 문 그는 빈 담뱃갑을 구겨서 버렸다. 담배를 빨던 손에 검은 천으로 감싼 뭔가를 들고 있었다. 크기로 봐서는 딱 한 가지밖에 떠오르지 않았다.

"포획 틀이군. 안에 고양이가 있을지도 몰라."

"이제 어쩌죠?"

탐정은 골목길을 느릿느릿 걸어가는 임성순의 뒷모습을 바라보면서 말했다.

"미행과 조사를 해야지."

"진짜 할 거예요? 난 무서운데."

"샬롯이 죽었다면 죽었다는 증거를 가져가야 돈을 받을 수 있을 거 같지 않니?"

냉철한 탐정의 말에 예나가 작게 한숨을 내쉬었다.

"어른들은 지독하다니까. 알았어요. 어떡할 건데요?"

"일단 너는 임성순을 미행해."

"내가 무슨 짭새도 아니고, 어떻게 미행을 해요?"

"그냥 먼발치에서 뒤따라가. 어차피 멀리 안 갈 거야."

"그걸 어떻게 알아요?"

"슬리퍼 신고 나왔잖아. 거기다 빈 담뱃갑을 버린 걸 보면 담배도 저거 하나밖에는 없단 뜻이야. 아마 걸어서 갔다 올 만한 곳일 거야."

"미행해서 현장을 덮쳐요?"

예나의 물음에 탐정이 빙그레 웃었다.

"그랬다가는 진짜 영화처럼 된다. 그러니까 어느 곳으로 들어가는지만 확인해. 그럼 나중에 조사해 볼 수 있으니까."

"그럼 아저씨는 뭐 할 건데요?"

"저기, 임성순의 집을 살펴봐야지."

"으, 장판 밑에 고양이 뼈다귀가 있다든지 그런 건 아니겠죠?"

"고양이를 직접 굽거나 쪘다면 냄새랑 연기가 났을 거다. 어서 따라가고, 확인하는 대로 연락해."

"알았어요."

예나는 잽싸게 1층으로 내려갔다. 임성순이 골목길을 빠져나간 걸 확인한 탐정도 움직였다. 계단을 내려온 탐정은 골목길을 가로질러 임성순이 사는 다세대주택으로 들어섰다. 햇빛이 안 드는 건물 사이를 지나가자 계단이 나왔다. 조심스럽게 계단을 올라간 탐정은 옥상에 도착했다. 바닥에는 녹색 방수 페인트가 칠해져 있고,

한쪽은 화단처럼 꾸며 놓았지만 잡초만 아무렇게나 자라고 있었다. 다 망가져서 철사로 꽁꽁 싸맨 빨래 건조대가 옥탑방 출입문 옆에 놓여 있었다. 문은 반쯤 열려 있었고, 바로 옆 창문도 열린 상태라서 안을 살펴보는 데는 아무런 문제가 없었다.

탐정은 심호흡을 하고 천천히 옥탑방 출입문을 열었다. 방은 다섯 평 정도로 작았다. 노란색 장판에는 담배빵 흔적이 많았다. 벽지도 담배연기 때문에 누렇게 색이 변해 있었다. 천장의 형광등 하나는 깨진 상태로 그대로 끼워져 있었고, 낡은 싱크대에는 그릇들이 쌓여 있었다. 문과 창문을 계속 열어 놓고 지내서 그런지 방 안에는 먼지가 가득했다. 심지어 창가에 거미줄까지 쳐 있었다. 삶이 완전히 무너진 사람에게서 볼 수 있는 모습들이었다. 집 안을 살펴본 탐정은 별다른 게 보이지 않자 바깥쪽을 살폈다. 벽과 벽 틈 사이에는 녹슨 쇠파이프와 각목이 가득 쌓여 있었다. 아까 탐정이 바라보던 쪽 창가 아래에 김장용 비닐로 뭔가를 씌워 놓은 것이 보였다. 조심스럽게 비닐을 걷어 내자 고양이 포획 틀이 여러 개 보였다. 녹슬고 찌그러진 것이 제법 있는 걸로 봐서는 실제로 사용한 게 분명했다. 그중 하나에 유독 털이 많이 묻어 있었다. 탐정은 손으로 털 몇 가닥을 빼냈다. 손바닥에 올려 살펴본 탐정이 중얼거렸다.

"노란색이야."

명확하진 않지만 임성순이 포획 틀로 샬롯을 잡았다는 간접적인 증거는 찾아냈다. 하지만 샬롯이 어디 있는지는 알 수 없고, 임성순이 그걸 쉽게 털어놓을 것 같지도 않았다. 머릿속이 복잡해지려는 순간 탐정은 휴대전화 벨소리에 퍼뜩 정신을 차렸다. 전화를 받자 예나의 흥분한 목소리가 들렸다.

"탐정 아저씨! 대박이에요."

"어디로 들어갔는지 찾았니?"

"그럼요. 당장 큰길 은행 네거리로 내려와서 전철역 쪽으로 쭉 걸어오세요. 자동차 대리점 옆에 있는 카페예요."

"거기로 임성순이 갔다고?"

"아뇨. 제가 카페에 있어요. 얼른 오세요. 참, 파르페 시켜도 돼요?"

"알았다."

카페에 도착한 탐정이 문을 열고 들어서자 창가에서 파르페를 먹던 예나가 손을 번쩍 들었다.

"여기예요, 아저씨."

더위 때문에 지친 탐정은 바바리코트를 벗어서 의자 등받이에 걸쳐 놨다.

"임성순이 어디로 들어갔는지 봤니?"

"네. 아저씨 얘기대로 멀리 안 가더라고요. 중간에 신호등 기다리는 거 쳐다보다가 들킬 뻔했어요."

"어디로 갔는데?"

"저기요."

예나가 가리킨 곳은 길 건너편의 위즈덤동물병원이었다. 주황색 간판 아래에는 쇼윈도가 보였다.

"저기로 갔다고?"

뜻밖의 장소라서 놀란 탐정의 목소리가 조금 높아졌다. 빨대로 파르페를 한 모금 쭉 마신 예나가 대답했다.

"어디 건강원 같은 데 가져가는 줄 알았거든요. 근데 저기로 쏙 들어갔어요."

"얼마나 있다가 나왔니?"

"한 5분?"

"포획 틀도 다시 들고 나왔고?"

"네. 근데 많이 가벼워진 것 같았어요. 들어갈 때까지는 포획 틀을 두 번이나 바꿔 잡았는데 나올 때는 팔을 흔들면서 들었어요."

"안에 있던 고양이를 동물병원에 넘겨줬구나."

"근데 고양이를 그렇게 싫어한다면서 왜 동물병원에 준 거죠? 판 걸까요?"

"길고양이들은 상태가 나빠서 팔지 못해."

"샬롯처럼 집 나온 고양이들은 상태가 좋잖아요."

"그것도 위험하지. 보통 고양이를 잃어버리면 주인은 저런 동물병원에 알아보거나 전단지를 붙이거든."

"그럼 왜 가져다준 거죠?"

탐정은 아무 대답 없이 벌떡 일어나서 길 건너 위즈덤동물병원을 쳐다봤다. 뜻밖의 장소였지만 그곳이 마지막 장소일지 모른다는 생각에 깊이 심호흡을 했다. 그런 탐정에게 예나가 속삭였다.

"아저씨, 저 티라미수 먹어도 돼요?"

성아영에게 문자를 보낸 탐정은 카페에 앉아서 예나의 수다를 들었다. 파르페에 티라미수까지 먹은 예나는 기분이 좋은지 학교 얘기부터 집안 얘기까지 쉴 새 없이 떠들었다. 적당히 맞장구를 쳐주면서 얘기를 듣던 탐정은 핸드백을 멘 성아영이 카페의 문을 열고 들어서는 걸 보고는 손을 들었다.

"여깁니다."

주인에게 아이스커피를 주문한 성아영이 예나 옆자리에 앉아서는 손으로 얼굴에 부채질을 했다.

"무슨 일이에요?"

"샬롯이 어디 있는지 찾은 거 같아요."

탐정의 말에 성아영이 손부채질을 멈췄다.

"정말이요? 어제까지는 흔적도 못 찾았잖아요."

"동네 불량 고딩한테 물어봤어요. 근처에 없다면 누군가 잡아갔을 수 있다는 생각이 들었거든요."

"아! 고양이들을 괴롭히던 그 패거리 말이죠?"

"네. 개들한테 물어보니까 임성순 씨가 샬롯이랑 비슷하게 생긴 고양이를 포획 틀에 담아서 데려간 걸 봤다고 했어요."

"진짜예요? 그런데 여기 이렇게 앉아 있으면 어떡해요. 얼른 가서 샬롯을 구해야죠."

"임성순 씨 집은 살펴봤는데 없었어요. 포획 틀이랑 노란색 고양이 털만 있었죠."

당장이라도 일어날 것같이 들썩거리던 성아영이 한숨을 쉬며 주저앉았다.

"맙소사."

성아영은 눈시울이 붉어진 채 창밖을 바라보면서 말했다.

"캣맘들 괴롭힐 때부터 알아봤어요. 분명히 동네에 있는 이상한 건강원에 팔아 버렸을 거예요."

탐정은 차분하게 대답했다.

"건강원에 판 거 같지는 않아요."

"그럼요?"

탐정은 대답 대신 창밖에 있는 위즈덤동물병원을 눈으로 가리켰다. 간판을 본 성아영의 인상이 확 찡그려졌다.

"저기요?"

"샬롯인지 확실하지 않지만 포획 틀에 잡힌 고양이를 저기로 가지고 들어간 걸 확인했어요. 옥탑방에서 포획 틀도 봤고요."

주문한 아이스커피가 나오자 빨대로 한 모금을 쭉 마신 성아영이 입을 열었다.

"저기라면 건강원이나 다름없는 곳이에요."

"그래도 동물병원이잖아요."

"저기 원장은 완전 사기꾼이에요. 싸구려 사료를 친환경 사료라고 비싸게 팔고, 제대로 환경도 안 갖춘 곳에서 개와 고양이를 데리고 있어요. 이 동네 캣맘이나 집사들은 절대 저기에 가지 않아요. 사기꾼인 건 둘째치고 워낙 험한 소문이 돌아서요."

"어떤 소문이요?"

"개를 보신탕집에 팔아 버린다는 얘기가 돌았어요."

"설마……."

탐정이 믿기지 않는다는 눈치로 말하자 성아영이 단호하게 대답했다.

"저기 원장은 그러고도 남을 사람이에요."

성아영의 얘기를 들은 탐정은 곰곰이 생각하다가 입을 열었다.

"그러니까 고양이를 싫어하는 아저씨와 동물병원 사기꾼 원장이 손을 잡은 셈이군."

탐정의 말에 성아영이 고개를 끄덕거렸다.

"맞아요. 강아지를 보신탕집에 판 것처럼 고양이들도 건강원에 팔아 버렸을 거예요."

"너무 속단하지 말아요. 만약 그렇다면 번거롭게 거칠 필요 없이 건강원에 가져다줬겠죠."

"주변의 시선 때문에 병원을 통해서 팔았을 거예요. 그리고 샬롯은 길고양이가 아니라 집에서 기르던 품종묘예요. 건강원에 파는 것보다 기를 만한 사람을 찾는 게 더 많은 돈을 받을 수 있어요."

성아영의 얘기를 들은 탐정이 눈빛을 반짝거렸다.

"그럼 샬롯이 살아 있을 수도 있다는 말이잖아요."

"그럴 가능성이 없진 않죠. 그렇다면 저 병원에 몰래 들어가서 샬롯을 찾아야겠어요."

"어떻게요?"

성아영이 한숨을 쉬며 대답했다.

"밤중에 몰래 들어가서라도 찾고 싶은 심정이에요."

"왜 숨어서 들어가려고 합니까?"

탐정의 능청스러운 말에 성아영이 고개를 갸웃거렸다.

"그럼 방법이 있어요?"

"저긴 동물병원이잖아요. 손님으로 가면 되죠."

성아영이 맞장구를 치며 말했다.

"고양이를 데리고 가면 되겠네요. 그런데 어디서 빌리죠?"

"어? 고양이 안 길러요?"

"지난달에 어머니가 데려가셨어요."

"누구 빌릴 만한 사람 없을까요?"

곰곰이 생각하던 성아영이 고개를 저었다.

"저 동물병원에 데려간다고 하면 다들 안 된다고 할 거예요."

티라미수를 먹으면서 두 사람의 얘기를 듣던 예나가 나섰다.

"데려갈 고양이가 있어요!"

다음 날, 세 사람의 간곡한 부탁에 할머니는 마지못한 표정으로 복실이를 넘겨줬다. 그동안 복실이는 할머니의 사랑을 받아 길고양이 티를 말끔히 벗고 예쁜 자태를 뽐냈다. 복실이를 조심스럽게 품에 안은 탐정이 월차를 낸 성아영과 예나에게 말했다.

"각자 뭘 할지는 알고 있죠?"

둘이 동시에 고개를 끄덕이자 탐정이 덧붙였다.

"너무 긴장해서 어색하게 굴면 상대방이 눈치챌 수 있어요. 그러니까 최대한 자연스럽게 움직여요."

이번에도 둘이 알았다고 대답했다. 탐정은 품에 안긴 복실이를 천천히 쓰다듬으면서 앞장섰다. 뒤따라오던 성아영이 주머니에서 후추 스프레이를 꺼내서 보여 줬다.

"이게 있으니까 너무 걱정 마세요."

"그건 또 언제 샀어요?"

"재작년에 퇴근할 때 이상한 놈이 따라온 다음에요."

"저도 가끔 학교 근처에 가면 바바리맨으로 오해를 받죠."

탐정의 얘기를 들은 예나가 킥킥거렸다. 그런데 성아영은 한숨을 쉬면서 말했다.

"그런 거랑은 차원이 달라요. 탐정 아저씨는 택시 타고 내릴 때 현금 내요? 카드 내요?"

"주로 현금을 내긴 하지만 없을 때는 카드를 냅니다."

"전 무조건 현금을 준비해요. 아저씨들이 싫어하거든요. 여자들이 느끼는 두려움이 어떤지 짐작도 못 할 거예요."

성아영이 담담하게 털어놓자 탐정은 더 할 말이 없었다. 그녀가 탐정의 품에 안겨 있는 복실이를 보면서 말을 이어 갔다.

"사실 고양이를 좋아하게 된 것도 처지가 비슷하다고 생각하면 서부터였어요. 저도 약한데, 고양이는 더 약하거든요."

탐정은 말없이 고개를 끄덕거렸다. 복실이는 대화를 듣기라도 하는지 귀를 쫑긋 세우고 두 사람을 번갈아 바라봤다. 무더위 때문에 길에 나온 사람들은 하나같이 소형 선풍기나 부채를 들고 있었다. 그들 사이를 지나 횡단보도를 건너자 문제의 동물병원이 보였다. 탐정이 옆에 있는 성아영과 예나에게 말했다.

"각자 할 일 잘 기억해요."

성아영이 심호흡을 하면서 물었다.

"근데 샬롯이 있을까요?"

"있어도 어디 숨겨 놨을 겁니다. 눈에 띄는 색깔이잖아요."

"노영준 씨 부부도 이 동물병원은 하도 평이 안 좋아서 가 보지 않았대요. 그러니까 여기 있을 가능성이 높아요."

"이미 팔아 버린 건 아닐까요?"

예나의 물음에 성아영이 고개를 저었다.

"눈에 띄는 고양이고 주변에 실종 사실이 알려졌기 때문에 바로 팔지는 못했을 거야."

"제발 있었으면 좋겠다."

예나가 중얼거리자 성아영이 주먹을 불끈 쥐며 대답했다.

"있을 거야, 반드시."

병원 앞에 거의 다 와서 탐정이 말했다.

"샬롯을 못 찾은 상태에서 경찰이 오면 우리가 불리하니까 절대 무리하지 말아요."

예나가 두려운 표정으로 물었다.

"원장이 가면 쓰고 전기톱 같은 거 휘두르진 않겠죠?"

"넌 초등학생이 어디서 그런 영화를 본 거니?"

핀잔을 들은 예나가 코웃음을 쳤다.

"그걸 막는다고 안 보겠어요?"

이런저런 얘기를 나누는 사이 위즈덤동물병원의 문이 열렸다. 탐정은 문을 손으로 잡고 안으로 들어갔다. 병원답게 소독약 냄새가 코를 찔렀다. 쇼윈도 쪽에는 개와 고양이들이 누워서 잠을 자고 있거나 이리저리 발발거리고 있었다. 가운데는 하얀색으로 칠해진 접수대가 있고 양쪽은 모두 방으로 꾸며져 있었다. 접이식으로 여닫는 오른쪽 방에는 수술실이라는 팻말이 붙어 있었다. 문이 활짝 열려 있어서 수술대와 수술등, 제세동기 같은 수술도구들이 보였다. 창고 겸 보관실이라는 이름이 붙은 왼쪽 방에는 고양이와 강아지 사료들이 쌓여 있었다. 전체적으로 뭔가 정돈되지 않은 분위기였다. 클래식 음악이 나오는 스피커의 잡음 때문에 더 어수선하게 느껴졌다. 세 사람이 들어서자 접수대 너머에서 목소리가 들렸다.

"잠시만요."

탐정이 접수대로 다가가서 안쪽을 들여다봤다. 깊이 들어가 있고, 전등 같은 것이 없어서 대낮임에도 무척 어두웠다. 목소리는 들렸지만 사람은 보이지 않아서 이리저리 살피는데 문이 벌컥 열리는 소리가 들렸다. 자세히 보니 접수대 안쪽으로도 문이 하나 더 있었다. 그런데 다른 문들보다 더 무거운지 닫히는 데 시간이 좀 걸렸다. 문을 닫고 접수대로 걸어온 남자의 가슴에는 '원장 조원우'라는 이름표가 붙어 있었다. 입고 있는 하얀색 가운은 얼룩으로 지저분했고, 부스스한 머리카락은 사방으로 뻗어 있었다. 땅딸막한 키에 뱃살이 줄렁거리는 몸매는 운동이 부족한 것과 편식한다는 걸 보여 줬다. 코끝에 걸친 안경 안쪽의 눈빛이 왠지 불안해 보였다. 탐정은 접수대 앞에 선 조원우 원장에게 말했다.

"저, 우리 집 고양이가 아파서 말입니다."

조원우 원장이 안경을 쓱 올리면서 물었다.

"겉으로 보기에는 멀쩡해 보이는데요. 어디가 아픈 겁니까?"

탐정은 순간 당황했지만 성아영이 나서서 위기를 넘겼다.

"가끔 설사를 해요. 그리고 발작도 하고요. 장염에 걸린 거 같은데 엑스레이를 찍어 볼 수 있을까요?"

"장염이라면 굳이 엑스레이를 찍을 필요는 없어요."

조원우 원장이 시큰둥하게 대답하자 성아영이 더 가까이 다가가서 부탁을 했다.

"가끔 발작 비슷한 걸 일으켜서요. 혹시 모르니까 한 번만 봐 주세요."

애원을 못 이기고 조원우 원장은 복실이를 데리고 수술실로 들어갔다. 탐정과 눈짓을 주고받은 성아영이 뒤따라 들어가면서 문을 닫아 버렸다. 계속 동물병원 안을 살피던 예나가 속삭였다.

"샬롯은 안 보이는데요."

"보이는 데 놔두지는 않았겠지."

"숨길 만한 곳이 안 보여요. 병원이 너무 작아서 한눈에 보이잖아요."

탐정은 예나의 말에 고개를 저었다.

"안 본 곳이 하나 있어."

"어디요?"

탐정은 접수대 안쪽을 가리켰다. 혼자 일하면서 안에 들어가 있는 것도 그렇고 일부러 조명을 꺼 놔서 보이지 않게 한 것도 수상쩍었다. 접수대 옆을 돌아서 안으로 들어간 탐정은 예나에게 잘 지켜보라는 눈짓을 하고는 안쪽으로 걸어 들어갔다. 아까 조원우 원장이 나왔던 문 앞에 서서 주변을 살폈다. 동물병원의 현관은 유리문이었고, 수술실과 창고는 접이식 문인데 이곳만 그냥 일반 문이었다. 문에 귀를 갖다 댄 탐정은 가냘픈 고양이 울음소리를 들었다.

"안에 고양이가 있어."

심호흡을 한 탐정은 손잡이를 조심스럽게 돌렸다. 다행히 수술실에 들어간 성아영이 이것저것 물어보는 척하면서 목소리를 높인 탓에 삐걱거리는 소리를 감출 수 있었다. 하지만 문이 워낙 낡은 탓인지 열수록 소리가 더 커졌다. 접수대 앞에 서 있던 예나가 휴대전화를 꺼내서는 통화하는 척했다.

"할머니! 복실이 데리고 병원에 왔어요. 지금 수술실에 들어가서 엑스레이 찍고 있는 중이에요. 선생님은 괜찮다고 했는데 봐야 알 거 같아요."

덕분에 몸이 들어갈 수 있을 정도로 문을 열 수 있었다. 안은 어두컴컴해서 아무것도 보이지 않았다. 단지 고양이 울음소리만 들릴 뿐이었다. 휴대전화를 꺼낸 탐정은 손전등 기능을 눌렀다. 처음에는 아무것도 보이지 않았다. 그러다가 구석에 검정 비닐을 씌워 놓은 박스들이 보였고, 그곳에서 고양이 울음소리가 들렸다. 그중 하나를 들어 올리자 울음소리가 더 커졌다. 비닐을 살짝 걷어 내니 고양이가 보였다. 샬롯은 아니었지만 고양이들을 감춰 둔 것은 사실이었다. 탐정은 조심스럽게 상자를 비닐로 감싼 다음 밖으로 나왔다. 그리고 예나 옆에 서 있는 임성순과 눈이 마주쳤다. 한 손에 검은 천으로 감싼 고양이 포획 틀을 든 임성순은 사납게 탐정을 노려봤다. 그 와중에 수술실의 문이 젖혀지고 조원우 원장이 나왔다. 복실이를 품에 안은 채 뒤따라 나온 성아영도 그대로 굳어 버렸다. 조원우 원장과 임성순이 동시에 같은 말을 내뱉었다.

"대체 무슨 일입니까?"

동물병원 한쪽 구석에 있는 낡은 탁자에 모두 모인 가운데 조원우 원장이 박스를 하나 들고 나왔다. 비닐을 걷자 검정색 고양이 한 마리가 누워 있는 게 보였다. 고양이의 귀 끝이 살짝 잘려진 것을 본 성아영이 말했다.

"중성화 수술을 했네요."

"제가 한 겁니다."

"여긴 중성화 수술 지정 병원이 아니잖아요."

"자비로 하는 겁니다."

"진짜요?"

성아영이 믿을 수 없다는 듯 크게 놀라자 조원우 원장이 쓴웃음을 지었다.

"제가 예전에 사료를 속여 팔고, 제대로 진료를 하지 않은 적이 있었죠. 그러다가 어느 날, 제가 왜 동물병원을 하게 되었는지를 생각해 봤습니다. 어릴 때 집에서 기르던 강아지가 연탄가스를 먹고 고통스러워하는 걸 지켜봐야만 했던 기억이 있습니다. 그래서 크면 동물을 치료하는 사람이 되겠다고 결심했습니다."

조원우 원장이 박스 안의 고양이를 쓰다듬으면서 말을 이어 갔다.

"하지만 세상일에 치이다 보니까 그렇게 되고 말더군요. 날 괴롭히는 세상이 싫었고, 수군거리는 손님들이 미웠죠. 그러다가 이렇게 살면 안 된다고, 첫 마음으로 돌아가자고 마음먹었어요. 뭘 할까 고민하다가 길고양이 중성화 수술을 해 보기로 한 겁니다."

잠자코 얘기를 듣던 탐정이 물었다.

"저 방에 있는 고양이들 모두 중성화 수술을 받은 겁니까?"

"네. 수술 후에 안정을 취하게 하느라 놔둔 겁니다. 보통 며칠 상태를 살피고 괜찮다 싶으면 원래 있던 곳으로 돌려보내죠."

"그리고 길고양이를 잡아 오는 건 임성순 씨가 도와줬고요."

탐정을 비롯한 사람들의 시선이 그에게 모이자 임성순은 쑥스러운 듯 뒷머리를 긁적였다.

"원우는 내 불알친구지. 고등학교 졸업하고 소식이 끊겼는데 알고 보니 같은 동네에 살더라고. 이래저래 소주 한잔 하는데 도와달라고 해서 말이야."

임성순의 얘기를 듣던 성아영이 끼어들었다.

"그런데 아저씨는 고양이도 싫어하고 캣맘도 미워했잖아요."

"그땐 세상이 다 미웠어, 아가씨. 형편이 어려워서 고등학교 졸업하기 전부터 막노동 판에 뛰어들었어. 젊었을 때는 힘이 장사라 질통을 수십 번 짊어지고 높은 건물을 오르락내리락했지. 장가도 가고 애도 낳고 살았어. 그러다가 2층에서 떨어져서 허리를 심하게 다치고 나서부터는 일을 못 나갔어."

임성순의 얘기가 길어질 기미를 보이자 조원우 원장이 일어나서 접수대로 향했다. 그리고 접수대 아래에서 반쯤 마신 소주병과 종이컵을 가져왔다. 종이컵에 소주를 따라 단숨에 마신 임성순이 깊은 한숨을 쉬었다.

"마누라는 애 데리고 친정으로 가 버리고, 아버지 어머니 줄초상을 치르니까 세상 살기가 싫어지더라고. 그런데 그놈의 고양이들은 팔자가 늘어졌는지 종일 햇볕 쬐고 누워 있다가 사람이 가져다 주는 밥 먹는 걸 보고 울화통이 치밀었지."

성아영은 의심의 눈빛을 거두지 않은 채 물었다.

"그런데 왜 길고양이 중성화 수술을 도와준 거예요?"

"저 친구가 그러더라고. 우리도 착한 일 하면서 살아야 하지 않겠냐고 말이야. 그래서 내가 할 수 있는 게 뭔가 싶었는데 고양이들을 잡아다가 주면 중성화 수술인가 뭔가를 해 준다고 해서 하겠다고 했지."

"그러고 보니까 최근에는 캣맘들이랑 안 부딪치셨네요."

"고양이를 가까이서 보니까 나랑 팔자가 비슷하더라고. 아까 얘기했잖아. 세상이 죄다 미웠다고."

탐정은 성아영에게 밖에서 보자는 눈짓을 보냈다. 유리문을 열고 밖으로 나온 탐정은 뒤따라 나온 그녀에게 말했다.

"증거도 있고, 증언도 확실합니다."

"같은 생각이에요. 두 사람이 이렇게 변할 줄은 몰랐어요."

"사람은 쉽게 안 변하지만 때로는 쉽게 변하기도 하니까요."

"어쨌든 오해는 풀었지만 샬롯이 어디 있는지는 알 수 없어진 거네요."

성아영의 말에 탐정은 한숨을 내쉬었다. 그때 동물병원 유리문이 활짝 열리면서 예나가 소리쳤다.

"샬롯을 봤대요."

"누가?"

예나를 뒤따라 나온 임성순이 전단지를 들여다보면서 대답했다.

"본 적 있는 고양이야."

포획 틀을 든 성아영을 선두로 탐정과 예나, 노영준과 양지혜 부부가 뒤를 따랐다. 임성순은 먼발치에서 따라왔다. 일행이 향한 곳은 뒷산이었다. 산이라고 해 봤자 해발 200미터 정도 되는 작은 산이다. 중간중간 운동 기구들이 있는 산책로가 조성되어 있어서 오가는 사람들이 제법 됐다. 노영준과 함께 걷던 양지혜가 탐정에게 말했다.

"이런 산속으로 왔을 줄은 몰랐어요."

"저도 몰랐습니다. 저기 임성순 씨가 알려 준 겁니다."

자신의 이름이 나오자 임성순은 손으로 산 중턱을 가리키면서 얘기했다.

"저쯤. 엊그제 바람 쐬러 왔다가 내려가는데 저기 숲속에서 바스락대는 소리가 나서 돌아봤더니 고양이가 있었어. 노란색에 턱 밑은 하얀 고양이인데 길고양이는 아니었어. 그래서 이 산속에 웬 고양이가 있나 생각했지."

임성순의 얘기를 들은 노영준이 성아영에게 물었다.

"아직 있을까요?"

"글쎄요. 아마 밖에 나왔다가 다른 길고양이들에게 치여서 여기까지 온 거 같아요. 조금만 가면 고개 너머 다른 동네라 거기로 갔을 수도 있고, 아직 남아 있을 수도 있어요."

임성순이 샬롯을 목격한 장소가 가까워지자 다들 약속이나 한 듯 조용해졌다. 성아영이 산자락 끝에 걸린 해를 올려다보면서 걱정스러워했다.

"해 떨어지면 산속에서 고양이 찾기는 힘들어요. 그러니까 다들 정신 바짝 차리고 숲속을 살펴봐요."

다들 주변에 흩어져서 샬롯을 찾는 중에 양지혜의 떨리는 목소리가 들렸다.

"여, 여기예요."

양지혜가 샬롯을 찾아낸 곳은 산책로 옆 큰 바위 아래였다. 등산객이 버린 우유곽과 빈 캔들이 쌓여 있는 뒤편에서 샬롯이 귀를 쫑긋 세우고 사람들을 바라봤다. 얼굴 여기저기에 상처가 있는 걸 본 성아영이 한숨을 푹 내쉬었다.

"길고양이들에게 시달렸네."

"어떻게 잡아야 하죠?"

노영준의 물음에 성아영이 포획 틀을 바닥에 내려놓으면서 조용히 말했다.

"샬롯은 지금 배고프고 지치고 힘든 상태예요. 그러니까 섣불리 다가갔다가는 뒤도 안 돌아보고 도망칠 거예요. 여기서 놓치면 이제 찾는 건 어려워요."

"그럼 기다려야 하나요?"

성아영이 고개를 끄덕이고는 뒷걸음질로 물러났다. 탐정을 비롯한 다른 사람들도 다들 멀찌감치 떨어졌다. 바닥에 쪼그리고 앉은 양지혜가 가느다란 목소리로 말했다.

"샬롯! 이제 엄마한테 와야지."

옆에 서 있던 노영준도 거들었다.

"이제 집에 가자. 너 없는 동안 걱정 많이 했어."

하지만 샬롯은 꼼짝하지 않았다. 꼬리를 살짝 들고 여차하면 도망칠 자세를 한 채 사람들을 응시했다. 그 모습을 본 탐정이 성아영에게 물었다.

"왜 저러는 겁니까?"

"고민하는 거죠. 어떤 삶을 살아야 할지."

"당연히 주인의 보살핌을 받고 살아야죠."

"고양이의 삶을 함부로 평가하지 말아요. 주인이 있다는 게 꼭 행복한 건 아니니까요."

팔짱을 낀 채 샬롯을 지켜보던 성아영이 덧붙였다.

"고양이도 사람처럼 스트레스를 받아요. 사람은 다른 사람에게 스트레스를 받으면 대화로 풀지만 고양이는 그럴 수가 없어요. 특히 집에서 주로 혼자 있는 고양이들은 더더욱 그렇죠."

"그러니까 샬롯도 지금 고민하고 있다는 얘깁니까?"

"새로운 세상을 맛봤으니까요. 고양이들이 얼마나 호기심이 많은 줄 모르죠?"

"난 고양이가 아니잖아요."

탐정의 대답에 성아영이 픽 웃었다.

"이제 판단을 하겠죠. 주인에게 돌아갈지, 아니면 새로운 세상에서 살아갈지를요."

두 사람이 얘기를 주고받는 사이에도 계속 샬롯을 부르던 양지혜가 결국 울음을 터트리고 말았다. 그 순간, 샬롯의 꼬리가 사르르 내려갔다. 빈 캔 더미를 훌쩍 뛰어넘은 샬롯은 양지혜의 품에 안겼다. 바닥에 주저앉은 양지혜는 샬롯을 끌어안고 펑펑 울었다. 노영준은 그런 아내를 가만히 안아 줬다. 탐정은 그 모습을 보면서 깨달았다. 고양이가 왜 사람과 함께 사는지, 그리고 왜 사람들이 고양이를 사랑하는지를 말이다. 탐정의 표정이 변하는 것을 본 성아영이 말했다.

"이제 탐정 아저씨도 고양이를 사랑할 수 있겠네요."

"아뇨."

탐정은 짧게 대답한 뒤 중절모를 고쳐 썼다.

"그럼요?"

성아영이 다시 질문하자 탐정이 유쾌한 목소리로 대답했다.

"고양이와 사람을 이해하게 되었습니다. 서로 왜 필요한지 알았으니까요."

03

밀실의 고양이

여름이 터무니없이 지나가고 있었다. 지난 두 달 동안 도둑이나 보험사기꾼을 단 한 명도 잡지 않았다. 대신 집 나간 고양이 열세 마리를 찾았다. 세 마리는 신고를 받고 간 지 한 시간 안에 찾았고, 여섯 마리는 사흘 안에, 나머지 네 마리도 일주일 안에 찾아서 주인 품에 안겨 줬다. 덕분에 고양이를 찾아 달라는 의뢰는 끝도 없이 들어왔다. 물론 탐정에게 직접 의뢰한 건 아니었다.

"왜 안 한다는 거예요?"

한 손에 수첩을, 다른 한 손에는 펜을 든 예나가 사무실이 떠나가라 소리를 질렀다. 의자에 앉아 있던 탐정은 얼굴을 가렸던 중절모를 살짝 들면서 말했다.

"말했잖아, 난 탐정이라고."

"그러니까 사라진 고양이들을 찾아야죠. 탐정 아저씨!"

예나가 '씨' 자에 특히 힘을 줘서 말했다. 탐정은 모자로 얼굴을 덮으면서 대답했다.

"세상에 고양이 찾는 탐정이 나밖에 없는 것도 아니잖아. 그리고 지난번에 세모 찾을 때 네가 뭐라고 했는지 기억나?"

"그, 그건."

어물쩍거리는 예나에게 손가락으로 모자를 추켜올린 탐정이 말했다.

"이번이 마지막이라고 했잖아. 어린 나이에 벌써 기억력이 나빠진 건 아니겠지?"

"아저씨!"

이번에는 '씨' 자에 힘이 쫙 빠져 있었다. 탐정은 중절모를 들려던 손을 내리면서 고개를 뒤로 젖혔다.

"레옹한테 의뢰하라고 해."

"그 아저씨 요즘 바빠요."

"왜? 고양이 연쇄 살인마라도 나타났니?"

"맞아요. 고양이 킬러 X를 잡으러 다니거든요."

예나의 심드렁한 대꾸에 탐정이 관심을 보이면서 물었다.

"진짜?"

"요즘 유튜브에 고양이를 납치해서 죽이겠다고 협박한 동영상이 떠서 난리 났는데 모르세요?"

"그런 거 볼 시간 없어. 근데 어떤 놈이 그딴 짓을 하는 거야?"

탐정이 모자를 아예 책상에 올려놓으면서 물었다. 예나는 초롱초롱한 눈으로 탐정을 바라보며 대답했다.

"복면을 쓰고 음성을 변조해서 누군지 몰라요. 그래서 경찰이 찾는 중이라고 하긴 했는데."

"경찰은 그런 데 신경 쓸 정도로 한가하지 않아."

탐정의 무뚝뚝한 말에 예나가 수첩을 책상에 탁 내려놓으면서 쏘아붙였다.

"레옹이 자신의 페이스북에 킬러 X를 잡을 때까지 의뢰를 받지 않겠다고 했어요. 그래서 우리한테 의뢰가 계속 들어오는 거라고요. 사연을 들어 보면 나서지 않고는 못 배길 거예요."

"고양이를 대단히 사랑하고 존중하지만 이제 탐정으로 돌아갈 생각이야. 올 여름에 단 하나의 사건도 해결하지 못했어. 내 인생에서 이런 적은 없었단다. 이 뜨거운 여름에 추리나 미행, 잠복을 한 번도 하지 못했다는 게 말이 된다고 생각하니?"

흥분한 탐정은 그동안 마음속에 쌓였던 불만을 터뜨렸다. 이에 예나가 대답했다.

"지난번에 하늘이 잡을 때 사흘이나 아파트 지하실 앞에서 잠복하셨잖아요. 몽구 찾을 때는 온종일 담장 사이를 헤집고 다니셨고요."

"고양이는 아무리 수사를 해도 사람만큼 긴장감을 주지는 않아."

"아저씨!"

"할 만큼은 했으니까 이제 사람들 사건을 해결하마. 그동안 수고

했다, 조수."

　탐정은 예나에게 나가라는 눈짓을 했다. 주춤거리며 일어나려던 예나가 갑자기 눈빛을 반짝였다. 별로 좋은 징조가 아니라고 생각한 탐정이 눈살을 찌푸렸다. 수첩을 열심히 넘기던 예나가 온 얼굴에 미소를 머금었다.

　"재미있는 사건이 하나 있는데……."

　"안 들을 거다."

　"분명 흥미를 느끼실 거예요."

　"날 너무 모르는구나."

　"이 사건의 제목을 정해 봤어요."

　"넌 창의성이 좀 떨어지잖아."

　"나갈 곳이 없는 곳에서 사라진 고양이예요."

　"밀실이란 말이니? 그런 걸로 내가 넘어간다고 생각하는 건 아니겠지?"

　"보면 깜짝 놀라실 거예요."

　"천만에."

　"걸어서 5분이에요. 가서 보고 아니다 싶으면 거절해도 되잖아요."

　"지금 거절하마."

　"밀실이라니까요. 요즘은 블랙박스랑 CCTV 때문에 밀실 같은 거 없다면서요."

예나의 말에 마음이 흔들린 탐정이 배 위에 올려놓은 손가락을 까딱거렸다. 그걸 본 예나가 씩 웃으면서 말했다.

"설마 자신 없어서 피하시는 건 아니겠죠?"

그러자 탐정은 의자에서 일어나서 책상 위의 중절모를 집어 들었다.

"탐정 아저씨만 해결할 수 있는 사건이에요. 따라오세요."

신이 난 예나가 사무실 밖으로 먼저 나갔다. 그 모습을 본 탐정이 나지막하게 혼잣말을 했다.

"어쨌든 밀실이라잖아."

탐정은 도저히 믿을 수 없었다. 놀이터에서 올려다본 아파트는 까마득하게 높았다. 임대 아파트를 밀어 버리고 나서 지은 15층 아파트였다. 아파트를 올려다보면서 탐정이 예나에게 물었다.

"그러니까 저기 9층에 있던 고양이가 사라졌다고?"

"네. 감쪽같이요."

아파트는 복도식이었다. 중간중간에 이불을 널어놓은 게 마치 색종이처럼 보였다. 탐정이 눈을 떼지 못하자 예나가 팔을 잡아끌었다.

"현장으로 가 봐요."

예나에게 이끌려 현관으로 들어간 탐정은 안쪽에 있는 엘리베이터를 탔다. 광고지로 도배되어 있는 벽면 한 곳에 실종된 고양이를 찾는다는 전단지가 붙어 있었다. 파란 하늘이 보이는 베란다를 배경으로 찍은 사진 속 고양이는 호랑이와 표범이 섞인 것 같은 무늬에 에메랄드처럼 푸른 눈을 하고 있었다. 탐정이 뚫어지게 전단지를 바라보자 예나가 슬쩍 말을 건넸다.

"이 고양이예요."

"밀실에서 사라진 고양이 말이냐?"

"네. 정확하게는 9층 아파트에서 사라진 고양이죠."

어느새 엘리베이터가 멈췄다. 문이 열리자 예나가 한발 앞서 나갔다. 좁은 복도를 지나자 좌우로 통로가 길게 이어졌다. 오른쪽으로 방향을 잡고 앞장서 걷던 예나가 속삭였다.

"남편 이름은 김영학이고 부인은 황예은이에요. 그리고……."

예나가 말을 채 끝맺기도 전에 복도 끝에 있는 집 문이 활짝 열렸다. 붉은색 원피스에 머리를 하나로 묶은 여인과 체크무늬 셔츠에 칠부바지 차림의 남자가 나란히 나오는 게 보였다. 부인의 배를 본 탐정이 물었다.

"임신 중이니?"

"그 얘기를 하려고 했어요."

날쌔게 뛰어간 예나가 황예은에게 다가가서 인사를 했다. 그녀가 예나를 다정하게 바라보며 얘기를 나누는 사이 김영학이 다가와서 탐정에게 손을 내밀었다.

"도와주셔서 감사합니다."

탐정은 아직 확정된 건 아니라고 말하고 싶었지만 그럴 분위기
는 아닌 듯해 일단 입을 다물었다.

"이쪽입니다."

김영학의 뒤를 따라 탐정은 집 안으로 들어갔다. 현관문 바로 좌
우에 작은방이 하나씩 있었고 오른쪽 방 안쪽에 화장실이 보였다.
화장실은 큰방과 연결되어 있었고, 나머지는 거실 겸 부엌이었다.
거실 쪽에 베란다가 보였는데 블라인드가 쳐져 있었다. 거실 바닥
에는 꽤 고급스러운 양탄자가 깔려 있었다. 예나와 함께 먼저 들어
온 황예은은 가죽 소파에 앉아서 땀을 닦으며 숨을 고르고 있었다.
그걸 본 탐정이 물었다.

"괜찮으세요?"

"네. 빈혈기가 있는데 괜찮아요."

그리고 잠시 침묵이 흘렀다. 예나는 멀뚱하게 서 있었고, 황예은
은 한 손으로 이마를 짚은 채 어지러움을 견디고 있었다. 남편 김
영학은 어쩔 줄 몰라 하다가 뭔가 생각났다는 표정으로 말했다.

"먼저 방을 보시겠습니까?"

"아뇨. 당시 상황을 먼저 들어 보고 살펴보겠습니다."

탐정이 딱 잘라 얘기하면서 분위기는 더 어색해졌다. 얼어붙은
분위기를 깬 것은 황예은이었다.

"아무리 생각해도 영문을 모르겠어요."

황예은이 눈물을 글썽이자 김영학이 아내 곁에 앉아 얘기를 이

어받았다.

"이틀 전이었습니다. 회사에서 일하고 있는데 갑자기 아내에게 전화가 왔어요."

"그때가 몇 시였습니까?"

고개를 푹 숙이고 있던 황예은이 불쑥 말했다.

"네 시 좀 넘어서였어요."

긴 한숨을 쉰 그녀가 벽에 걸린 시계를 바라보면서 말을 이어 갔다.

"두 시부터 네 시까지 아파트 상가에 있는 요가 학원에 가서 간단하게 운동하거든요."

"나갈 때는 있었고요?"

"물론이죠. 문가까지 따라 나와서 벌러덩 누워 배웅해 준 걸요."

"문은 잠그고 나가셨죠?"

"그럼요."

"그리고 두 시간 후에 돌아왔을 때 고양이는 감쪽같이 사라졌고요."

"네. 처음에는 어디 숨어 있는 줄 알았어요. 근데 아무리 불러도 기척이 없더라고요."

"그러고 나서 바로 남편분에게 전화를 하셨군요."

탐정의 시선이 향하자 김영학은 서둘러 고개를 끄덕거렸다.

"4시 34분입니다. 제 휴대전화로 받아서, 전화 온 시간을 정확하게 알 수 있었습니다."

"그럼 고양이는 이틀 전 오후 1시 50분에서 4시 10분 사이에 사라졌다는 얘기군요."

"그런 셈이죠. 그런데 고양이가 제 발로 문을 열고 나갈 리도 없고, 설사 나갔다고 해도 9층인데 어떻게 아래로 내려갔겠어요. 절대 있을 수 없는 일이죠."

김영학의 얘기를 들은 탐정이 예나를 쳐다봤다. 황예은의 곁에 있던 예나가 소리를 내지 않고 입모양으로 '밀실'이라고 말했다. 예나의 표현대로 이곳은 고양이에게는 밀실이었다. 문을 열고 나갈 수도 없었다. 설사 나갔다고 해도 9층에서 엘리베이터를 타고 내려가거나 비상계단으로 내려가는 것은 상상하기 어려웠다. 골똘히 생각에 잠겨 있던 탐정이 생각이 난 듯 물었다.

"아까 올라오면서 보니까 엘리베이터랑 1층 현관 입구에 CCTV가 있던데 확인해 보셨습니까?"

"물론이죠. 그 시간대에 코코가 나가는 모습은 찍히지 않았습니다."

"그럼 뭔가 다른 게 나간 건 찍힌 모양이네요."

김영학은 당황한 듯 아무 대답도 못 했다. 탐정은 가만히 두 사람을 바라봤다.

"말이 좀 이상해서요. 보통은 나간 걸 못 봤다고 하지 코코가 나간 걸 보지 못했다고 딱 집어서 얘기하지는 않거든요."

김영학이 우물쭈물하고 있는 가운데 황예은이 대답했다.

"시어머니가 왔다 가셨어요."

탐정은 그 안에 담긴 불편함을 어렵지 않게 읽어 낼 수 있었다. 그 얘기가 나오자마자 김영학이 얼굴을 확 찌푸렸다.

"바로 갔다고 하셨잖아. CCTV로도 확인한 거고. 거기다 경비 아저씨도 고양이를 데리고 나가지 않았다고 말씀하셨고 말이야."

"그걸 어떻게 믿어! 자기도 어머니가 코코를 얼마나 싫어하는지 알잖아."

발끈한 황예은이 벌떡 일어나서 안방으로 들어가 버렸다. 예나가 뒤따라 들어가면서 슬쩍 방문을 닫았다. 문이 닫히자 김영학은 깊은 한숨을 쉬었다.

"사실 의뢰한 이유 중 하나가 이 문제 때문입니다."

"어머니가 고양이를 싫어하시는군요."

"딱히 그런 편은 아닌데 아내가 임신한 것 때문에 그렇습니다. 아주 어렵게 임신했거든요. 그런데 고양이가 옆에 있으면 털이나 병균 때문에 유산할지 모른다고 걱정하십니다."

"외아들인가요?"

"아뇨. 형이 한 분 계신데 결혼을 안 하셨습니다. 정확하게는 못 하시죠."

탐정이 무슨 뜻이냐는 얼굴로 바라보자 김영학이 슬픈 표정을 지었다.

"어릴 때부터 어머니는 형만 챙기셨어요. 큰아들이 최고라고 생각하셨거든요."

"그런데 뭐가 잘못된 모양이네요."

"아주 크게 잘못됐죠. 사실 형은 중학교 때부터 알아주는 양아치였어요. 심지어 제 용돈도 뺏을 정도로요. 다들 알고 있었는데 부모님만, 정확하게는 어머니만 몰랐죠."

탐정은 잠자코 얘기를 들었다. 옛날 일을 생각하자 잠시 울컥했는지 말을 잇지 못하던 김영학이 얘기를 이어 갔다.

"고등학교는 그럭저럭 갔지만 대학교는 어림도 없었죠. 그래서 어머니가 삼수까지 시켰는데 공부는커녕 여자애들이랑 어울려 다니기 바빴어요. 사수 하다가 군대 갔다 오고 백수로 쭉 지냈습니다. 가끔 집에서 돈을 타 가기는 했는데 10년 전에 큰 사고를 쳤습니다."

"무슨 사고요?"

"친구랑 사업을 한다고 부모님 집을 담보로 잡은 겁니다. 어머니가 평생 모은 적금도 가져갔고, 제 돈도 모두 투자했습니다. 전 싫다고 했지만 어머니가 워낙 강하게 부탁하셔서 어쩔 수 없었죠."

"그래서요?"

김영학이 우울한 표정으로 한숨을 내쉬었다.

"형은 친구에게 속았다고 했지만 어쨌든 망한 것은 망한 거죠. 이벤트 대행회사라고 차려 놓고는 친구라는 사람은 1년 동안 사무실에 나오지도 않았으니 돈을 벌 리가 없지요. 거기다 형은 예쁜

여직원한테 빠져서 경비를 흥청망청 쓰다가 결국 문을 닫았어요. 남은 건 빚더미였고, 형이 다 뒤집어썼습니다. 결국 부모님이 살던 집이 넘어가 버렸습니다. 아버지는 그 충격으로 쓰러지셨고 다음 해 돌아가시고 말았죠."

어디에나 사연은 있는 법이라고 탐정은 속으로 생각했다. 범죄자들도 그렇고 주변 사람들이 사는 모습을 봐도 모두 그랬다. 한편으로는 그 얘기가 사라진 고양이와 연관이 있을지 모른다는 생각이 들었다. 하지만 지금은 김영학의 얘기에 귀를 기울여야 한다.

"그 난리 통에 어찌어찌 아내랑 결혼했습니다. 모아 놓은 돈도 형님 사업에 다 쏟아부은 상태라 대출 받아서 어렵게 지냈어요. 아내는 결혼하자마자 쓰러진 아버지 병수발에 어머니의 신경질과 잔소리를 견뎌 내야만 했죠. 하지만 싫은 티 한 번 안 내서 정말 고맙게 생각합니다."

"그러다 문제가 생겼군요."

"어머니가 몇 년 전에 신용불량자가 된 형을 도와야 한다면서 이 집을 담보로 대출을 받아 달라고 했을 때는 폭발하고 말았죠. 그 후로 어머니랑 서먹해졌습니다. 거기다 어머니가 집사람이 고양이 기르는 걸 안 좋게 생각하셨지요. 임신을 못 하는 것도 고양이 때문이라고 여기셨어요."

탐정은 김영학의 얘기를 듣고 나서야 고양이의 실종을 둘러싼 이 집안의 미묘한 분위기를 이해할 수 있었다.

"아내는 어릴 때부터 고양이랑 쭉 생활해 왔어요. 그래서 제가 청혼했을 때에도 첫 번째 조건이 고양이를 계속 기르고 싶다는 거였습니다. 물론 저는 찬성했고요."

"그런데 어머니는 계속 반대하셨군요."

"네. 고양이 때문에 애가 안 생긴다고 자꾸 말씀하셔서 미칠 지경이었습니다. 임신이 되니까 이제는 앞으로 애한테 안 좋다면서 고양이를 버리라고 하는 바람에 겨우 좋아지려고 하던 아내와 어머니 사이가 완전히 어긋나 버렸습니다."

"그래서 어머니 얘기가 나왔을 때 그렇게 불편해했군요."

"그렇습니다. CCTV를 확인하는데 갑자기 어머니 모습이 보이더군요. 그걸 본 아내는 대뜸 어머니가 벌인 일이라고 하면서 펄펄 뛰었고요. 어렵게 임신을 했는데 정말 걱정입니다."

"어머니는 왜 오셨답니까? 지금까지 얘기를 들어 보면 편하게 드나들 수 있는 상황은 아닌 거 같은데요."

"전화로 여쭤봤더니 집사람이 걱정돼서 잠깐 들렀다고 하셨습니다."

"어머니는 어디 사시는데요?"

"아파트 정문 건너편 다세대주택에 사십니다."

"중학교 쪽이요?"

탐정의 물음에 김영학은 고개를 끄덕거렸다.

"여기서 걸어서 한 5분 정도 걸리는 곳이죠. 그 일 이후 어머니께 부탁해서 아내와 둘이 마주치지는 않게 만들었어요. 그동안 잘 지켜 왔는데 갑자기 나타나셨고…….”

말끝을 흐린 그를 대신해서 탐정이 대답했다.

“그때 하필이면 고양이가 사라진 거네요.”

“맞습니다. 아내는 어머니가 한 일이라고 생각하고 있어요.”

“그 생각에 동의하십니까?”

김영학은 탐정의 날카로운 질문에 잠시 머뭇거리다가 입을 열었다.

“어머니는 제가 봐도 고집스러운 분이에요. 하지만 그런 짓까지 벌일 분은 아닙니다.”

“만약 이번 사건이 어머니가 하신 일이라고 밝혀지면 어쩌실 겁니까?”

“그럴 분이 아니라고 했잖아요!”

처음으로 김영학의 목소리가 높아졌다. 작게 한숨을 쉰 탐정이 말했다.

“사건을 해결하는 것보다 중요한 게 당사자들이 진실을 받아들일 준비가 되어 있느냐입니다. 이번 일은 다른 탐정에게 맡기는 게 좋겠습니다.”

말을 마친 탐정이 안방 문을 조용히 두드렸다. 잠시 후 문이 열리고 예나가 나왔다. 탐정이 아무 말 없이 나가자는 눈짓을 하자 예나가 불안한 표정으로 탐정을 따랐다. 두 사람이 현관에서 신발을 신자 김영학이 뒤따라왔다.

"어떤 결과가 나오든 그대로 받아들이죠. 어떻게든 코코만 찾아 주세요."

탐정은 신발을 마저 신고 김영학에게 말했다.

"알겠습니다. 어머니 연락처를 문자로 보내 주시겠습니까?"

"어머니는 아니라니까요."

"그걸 확인해 보려고 하는 겁니다, 제가 직접."

김영학은 깊은 한숨을 내쉬었다.

"그러시죠."

예나와 함께 저녁을 먹고 사무실로 돌아온 탐정은 컴퓨터를 켜서 동네 지도를 봤다. 회사에서 퇴근한 성아영이 소식을 듣고 사무실로 찾아왔다. 성아영 역시 코코의 소식을 알고 있었다.

"인근 캣맘들이 오늘 모여서 찾아봤는데 흔적도 없었어요."

"멀리 간 걸까요?"

탐정의 물음에 성아영은 가볍게 고개를 저었다.

"여섯 살짜리 암컷이고 태어나서 지금까지 쭉 집에서 살던 고양이예요. 밖으로 나왔다 해도 멀리 가지 않았을 거예요."

성아영의 얘기가 믿을 만하다고 생각한 탐정은 아파트를 중심으로 주변을 하나씩 살펴봤다. 의자를 끌어다가 옆에 앉은 예나가 물었다.

"어떻게 생각하세요?"

"뭘?"

"밀실에서 고양이가 사라진 거잖아요."

"세상에 완벽한 밀실은 없어. 그렇게 보여도 말이다."

"어쨌든 고양이가 닫힌 문을 열고 9층에서 1층까지 내려와서 사라진 건 이해가 안 가요."

"그건 차차 해결해도 돼. 먼저 고양이를 찾아야지."

"그치요. 중요한 건 코코인데 깜박했어요."

"어떤 사건이든 피해자를 가운데 놓고 생각해야 해. 사건이 잔혹하거나 흥미롭다고 거기에 파묻히면 안 된다."

"네, 알았다고요."

살짝 삐진 예나에게 부드러운 미소를 보이고 나서 탐정은 모니터를 물끄러미 들여다봤다.

"이유는 모르겠지만 일단 9층에서 내려와서 아파트 밖으로 나왔다고 가정하면 어디로 갔을까?"

"아파트 단지 안은 아닐 거예요."

"왜?"

"거긴 길고양이들이 이미 자리를 잡고 있거든요. 지금까지 그 아파트에서 나온 고양이들은 전부 다른 곳에서 찾았잖아요."

"맞아. 그렇다면 어디로 갔을까?"

"낮 시간에 없어졌으니 아이들이랑 할머니들이 있는 놀이터보다는 주차장 쪽으로 가지 않았을까요?"

예나가 손가락으로 모니터의 지도를 짚으며 말했다.

"주차장 쪽에 화단이 길게 있어서 사람들 눈에 안 띌 수 있거든요. 그랬다면 여기서 어디로 갔을까요?"

"어디 보자. 왼쪽으로 가면 아파트 후문 쪽이야."

탐정의 어깨 너머로 모니터를 들여다보던 성아영이 고개를 저었다.

"여긴 항상 사람들이 오가는 골목길 네거리인 데다가 차랑 마을버스가 자주 다녀요. 집을 나와서 불안해할 고양이가 지나갈 곳은 아니죠."

성아영의 얘기를 들은 탐정이 화면을 위로 올린 뒤 정문 쪽을 확대했다.

"그럼 이쪽이나 아예 아파트를 가로질러서 다세대주택이 있는 이쪽으로 넘어왔다는 얘긴데 둘 다 확실치 않네요."

"낮 시간이면 누군가 봤을 거 같은데요. 거기다 희귀한 뱅갈고양이라 기억에도 남았을 거고요."

탐정이 의자에 기대면서 깍지를 꼈다.

"일단 내일부터 아파트 단지를 중심으로 탐문을 해 볼게요. 아영 씨는 한 가지만 확인해 주세요."

"뭘요?"

"황예은 씨에 대해서 알아봐 줘요."

"설마 예은 씨가 범인이라고 생각하는 건 아니죠?"

"모든 가능성을 열어 놔야죠."

"시어머니가 범인일 거 같은데."

탐정이 놀란 표정을 짓자 성아영이 피식 웃었다.

"그 할머니, 고양이 싫어하는 걸로 동네에서 유명해요. 재작년에 캣맘들이랑 대판 싸운 적도 있고요."

"그런 사건이 있었나요?"

탐정의 물음에 성아영이 머리를 절레절레 저었다.

"말도 마세요. 그때 이상한 꼰대 아저씨가 아파트 관리소장이랑 짝짜꿍을 해서 아파트 단지 안 고양이들을 다 몰살시키겠다고 하면서 자치위원장 선거에 나왔어요. 예은 씨랑도 그때 친해졌어요. 예은 씨 시어머니가 그 후보 선거운동을 엄청 열심히 했어요. 그래서 고양이를 싫어한다는 걸 다들 알게 됐죠."

"별난 사람들이네요."

조용히 듣고 있던 예나가 끼어들자 성아영이 대답했다.

"그렇게 별난 사람들이 너무나 많아서 정말 놀랐어."

"그 일은 어떻게 됐어요?"

"좀 싱겁게 끝났어. 아파트 관리소장은 횡령 혐의로 잡혀갔고, 자치위원장 선거에 나온 그 꼰대 아저씨는 최저 득표로 떨어졌지. 원래 인기가 없진 않았는데 고양이를 죽이겠다고 헛소리를 하는 바람에 신문에서 취재 나오고 항의 시위까지 하니까 사람들이 등을 돌렸어."

두 사람의 얘기를 듣던 탐정이 중얼거렸다.

"일이 생각보다 복잡하게 돌아가는군."

"사라진 고양이를 찾는 게 왜 복잡해요? 찾아서 주인에게 돌려주면 되잖아요."

성아영이 되묻자 탐정은 의자에서 일어나면서 대답했다.

"그것만 따지면 그렇죠. 하지만 원인을 찾지 못하면 사건은 다시 일어날 수 있어요."

"제가 모르는 게 있군요."

눈치 빠른 성아영에게 탐정은 털어놓을 수밖에 없었다.

"고양이가 사라진 시간, 그러니까 황예은 씨가 집을 비운 시간 동안 방문자가 있었습니다."

"누군데요?"

예나의 물음에 성아영이 대답했다.

"제가 맞춰 볼게요. 시어머니죠?"

탐정은 가만히 고개를 끄덕끄덕했다.

"그럼 시어머니가 범인이겠네요. 눈엣가시 같던 고양이를 몰래 버렸겠죠."

"여러 가지 가능성을 열어 놓고 조사를 해야죠. 선입견을 가지는 건 위험해요."

"제가 왜 동물을 싫어하는 사람들을 미워하는지 알아요?"

탐정은 갑작스러운 성아영의 말에 고개를 저으며 잘 모르겠다는 표정을 지었다.

"동물을 학대하면 그다음 대상은 사람이 되기 때문이죠. 동물을 미워하는 걸로 끝난 경우는 못 봤어요. 미움은 점점 커지게 마련이거든요."

잠깐 사무실 안에는 침묵이 흘렀다. 침묵을 깬 건 탐정이었다.

"일단 두 가지 다 조사해 볼 생각입니다. 누가 고양이를 그 집에서 빼낸 것인지, 사라진 고양이가 어디로 갔는지 말이죠. 사실 앞의 문제를 풀면 뒤의 문제도 따라 풀리긴 합니다."

"그러니까 고양이를 누가 버렸다면 그 지점을 알아내는 게 중요하겠군요."

탐정이 가볍게 고개를 끄덕거렸다.

"버렸다면 집에서 최대한 먼 곳에, 못 찾아올 곳에 버렸을 겁니다. 그럼 고양이도 그곳에 있을 확률이 높죠. 그게 아니라면."

잠시 생각하던 탐정이 나지막하게 말했다.

"일부러 문을 열어서 내보냈을 수도 있지."

"그러면 문제가 하나 생겨요."

탐정의 말에 예나가 곧바로 반대하며 말했다.

"그냥 문을 열어 줬다면 고양이가 밖으로 나오는 건 가능하죠. 근데 고양이가 혼자 9층에서 내려와서 밖으로 나갈 수 있어요?"

"내일 그걸 확인해 볼 생각이야."

"저도 도울게요."

"학교 안 가니?"

"토요일이잖아요."

"아!"

"혹시 말이에요."

두 사람의 얘기를 듣던 성아영이 걱정스러운 표정을 지었다.

"9층에서 떨어진 거면 어떡하죠?"

"그러면 핏자국이나 사체가 남았을 겁니다. 그것도 내일 같이 조사해 볼게요."

걱정 말라는 얘기를 덧붙이려던 탐정은 책상 모서리에 놔둔 휴대전화가 울리는 소리에 고개를 돌렸다. 문자 알림 메시지를 본 탐정은 패턴을 그려서 문자를 확인했다. 탐정이 살짝 눈살을 찌푸린 걸 본 성아영이 물었다.

"왜요?"

"내일 누가 만나자고 하네요."

"시어머니가요?"

"아뇨."

고개를 저은 탐정은 액정 화면을 성아영에게 보여 줬다.

"황예은 씨가요."

예나는 팔짱을 낀 채 심각한 표정으로 말했다.

"휴, 뭐가 뭔지 잘 모르겠어요. 밀실의 고양이는 어디로 사라졌을까요?"

다음 날 오후, 탐정은 약속 장소인 아파트 상가 1층에 있는 카페에 들어섰다. '루시드 드림'이라는 어려운 카페 이름처럼 내부 인테리어도 이해하기 어렵게 꾸며져 있었다. 눈에 띄는 것은 그림들이 꽤 많다는 정도였다. 주위를 두리번거린 탐정은 제일 구석자리에 앉아 있는 황예은을 발견했다. 푸른색 원피스에 카디건을 입은 황예은은 탐정을 발견하고는 눈인사를 했다. 자리에 앉은 탐정에게 그녀가 말했다.

"고민을 좀 많이 했어요."

"저를 만나는 것 말입니까?"

황예은은 그렇다고 했다. 들어오면서 주문한 아이스커피를 아르바이트생이 가져왔다. 얼마간 침묵이 흐른 뒤 황예은이 말했다.

"시어머니가 의심스러워요."

어느 정도는 예상한 이야기였기 때문에 탐정은 별다른 반응을 보이지 않았다.

"그렇게 생각한 이유를 말씀해 주시겠습니까?"

"남편에게 들으셨을 테니까 저희 집안 사정은 대충 아시죠?"

"네."

"남편은 참 좋은 사람이에요. 배려심 깊고 차분하고 말도 잘 통하는 편이죠. 그런데 시어머니는 정말……."

생각만 해도 머리가 아픈지 황예은이 한 손으로 이마를 짚었다. 빨대로 아이스커피를 한 모금 마신 탐정은 다음 얘기가 나올 때까지 잠자코 기다렸다. 관련자, 특히 피해자의 애기를 들을 때는 기다리는 게 가장 좋은 방법임을 경험으로 알고 있기 때문이다. 탁자에 놓인 물컵을 집어 든 황예은이 한 모금을 마셨다.

"좋게 생각하려고 해도 도무지 이해가 안 갔어요. 남편은 늘 형님 때문에 찬밥 신세였거든요. 결혼하려고 모아 놓은 돈도 몽땅 날려서 저희 정말 어렵게 시작했어요. 맞벌이 열심히 해서 대출 끼고 마련한 집인데 그것도 내놓으라고 해서 너무너무 화가 났어요."

"그랬군요."

"거기다 3년 전에는 고양이가 있으니까 임신이 안 된다는 말을 너무 아무렇지 않게 하셨어요. 그래서 남편한테 다시는 시어머니를 보고 싶지 않다고 했어요. 그 이후로 시어머니도 절 피하셨고요."

탐정은 사건을 조사하면서 수없이 맞닥뜨렸던 시어머니와 며느리 사이의 갈등을 떠올리면서 조심스레 말했다.

"안타깝게 생각합니다만 그런 이유로 범인이라고 단정할 수는 없습니다."

"그 일 이후 남편과 밖에서 몇 번 만난 것 말고는 집에 오신 적이 없었어요. 그러다 불쑥 오신 거고, 그때 코코가 없어졌으니까 의심할 수밖에 없잖아요."

"정황 증거만으로는 부족합니다. 그러다가 엉뚱한 사람을 범인으로 모는 경우를 많이 봤거든요."

탐정이 딱 잘라 얘기하자 황예은이 조용히 말을 다시 꺼냈다.

"사실 그날 시어머니에게 전화가 왔었어요."

"그게 몇 시쯤입니까?"

"3시 5분 전이요. 운동하고 있는데 전화가 와서 받았더니 시어머니더라고요."

"왜 전화를 하신 거죠?"

"그냥 잘 있는지 궁금해서 들렀다고 하셔서 운동 중이라고 대답하고 전화를 끊었어요."

"실제로 집에 오셨다가 없으니까 전화를 한 모양이군요."

"오시겠다고 하려는 거였는지 아니면 왔는데 아무도 없어서 거신 건지는 잘 모르겠어요. 어쨌든 전 운동을 다 마치고 들어갔어요. 그런데 코코가 사라져 버린 거예요."

"남편한테 시어머니에게 전화가 왔었다고 바로 말했나요?"

"아뇨. 코코 찾느라 경황이 없기도 했거니와, 신경 쓰게 하고 싶지 않았어요. 요즘 회사 일 때문에 좀 힘들어했거든요."

"생각이 바뀐 이유는요?"

"CCTV로 시어머니의 모습을 보면서요. 시어머니는 항상 큰아들에게 뭔가를 못 줘서 안달이시거든요. 남편은 마음이 약해서 대놓고 거절을 못 하고요. 제가 끝까지 버티지 않았으면 지금 살고 있는 집도 날아갔겠죠."

"시어머니가 코코를 버린다고 어떤 이득이 있을까요?"

"절 괴롭히는 일이라면 뭐든 하실 분이에요."

"그 정도로 사이가 안 좋나요?"

"저에게 대놓고 아들이 너무 아깝다고 얘기하세요. 정작 큰아들만 챙기느라 신경도 안 썼으면서 말이죠."

이미 김영학을 통해 알고 있었지만 탐정은 짐짓 모르는 척하고 물었다.

"시어머니가 고양이를 싫어한 이유가 뭡니까?"

그 이야기만으로도 황예은의 얼굴은 잔뜩 찡그려졌다.

"원래 동물을 싫어하는 편은 아니셨는데 몇 년 전부터 오실 때마다 고양이가 병균을 옮긴다면서 몹시 싫어하셨어요. 그러다가 고양이를 데리고 있어서 임신이 안 된다고까지 얘기하셨죠. 그때 임신 문제 때문에 스트레스를 잔뜩 받고 있었는데 그런 얘기를 하셔서 정말 힘들었어요. 울고불고 난리를 치니까 미안하다고는 하셨지만, 그래도 저는 다시는 보고 싶지 않다고 말씀드렸어요."

"그 이후로는 집에 오시지 않았겠군요."

"남편에게 얘기했어요. 시어머니가 다시 찾아오면 짐 싸서 친정으로 가겠다고요. 그다음엔 집으로 오시거나 따로 전화하신 적은 없었어요."

"그러다가 몇 년 만에 찾아오시겠다고 전화가 왔고, 집에 가 보니까 코코는 없어졌군요."

"맞아요. 제가 의심할 수밖에 없는 상황이잖아요."

"제가 시어머니를 한번 만나 보겠습니다."

탐정의 말에 황예은이 눈빛을 반짝거렸다.

"실력이 좋다고 들었어요."

"운이 좋았습니다."

"코코 좀 꼭 찾아 주세요."

"만약 시어머니가 코코를 가져다가 버렸으면 어떡하실 겁니까? 아시다시피 법적으로는 처벌할 수 없습니다."

"용서하지 않을 거예요."

"남편분도 같은 생각일까요? 어쨌든 그분에게는 하나뿐인 어머니인데 말이죠."

분위기가 무거워지자 다시 침묵이 흘렀다. 황예은은 빨대를 손가락으로 만지작거리다가 입을 열었다.

"범인이 시어머니라고 해도, 코코만 돌아온다면 모든 걸 덮을 생각이에요."

탐정은 코코를 못 찾으면 어떻게 할 것이냐고 차마 물어보지 못했다. 얘기를 마친 황예은은 자리에서 일어났고 탐정은 잠시 자리에 더 앉아 있었다. 그리고 휴대전화를 들여다봤다. 아침에 보냈던 문자에 대한 답장이 막 도착했다. 문자 내용을 확인한 탐정은 전화기를 주머니에 넣고 자리에서 일어났다.

아파트 단지의 정문 도로를 가로지르면 다세대주택이 펼쳐진 골목이 나온다. 예전의 낡은 양옥들이 하나둘 사라지고 4~5층으로 된 다세대주택들이 끊임없이 지어지고 있었다. 탐정의 집과 사무실이 있는 곳보다 훨씬 더 크고 고급스러운 주택들이었다. 1층은 대부분 주차장으로 되어 있어서 상당히 낯설었다. 골목 안으로 들어간 탐정은 문자에 나온 대로 미미미용실에서 오른쪽으로 들어갔다. 골목길은 조금 큰 차도로 바뀌었고, 건너편에 작은 공원이 보였다. 나무 벤치와 어른들을 위한 운동기구 몇 개, 팔각정이 있었는데 노인 두 명이 벤치에 나란히 앉아서 얘기를 주고받는 중이었다. 탐정이 공원에 모습을 드러내자 그중 한 명이 일어났다. 김영학의 어머니이자 황예은의 시어머니인 노혜숙이었다. 꼬불꼬불 잘 말린 하얀 파마머리에 물방울무늬 재킷과 잘 다려진 바지는 노혜숙이 몹시 깔끔하면서도 예민한 사람이라는 걸 보여 줬다. 동네 공원에서 그런 옷차림을 하는 사람은 드물었기 때문이다. 한쪽 다리가 불편한지 지팡이를 짚고 천천히 탐정에게 다가온 그녀가 팔각정으로 가라는 손짓을 했다. 먼저 탐정이 팔각정에 걸터앉자 노혜숙이 맞은편에 앉았다.

"순사 양반처럼 생기지는 않았네."

"순사가 아니라 탐정입니다."

"탐정? 제시카 같은 건가?"

보통은 셜록 홈스나 에르퀼 푸아로, 드물게 애거사 크리스티를 얘기하는 경우는 많았지만 제시카는 처음이었다. 탐정이 눈을 동

그렇게 뜨며 놀라자 노혜숙이 활짝 웃었다.

"내가 〈제시카의 추리극장〉 팬이었지."

"그러셨군요. 탐정은 순사와 좀 다릅니다."

"그게 그거 아닌가? 그래, 무슨 일로 날 보자고 한 거야?"

"아드님 댁 고양이가 사라진 거 아시죠?"

그 말이 나오자마자 노혜숙은 얼굴을 찡그리면서 손사래를 쳤다.

"말도 마. 그거 때문에 아들내미한테 얼마나 전화가 많이 왔는데."

"집안 사정은 들었습니다. 한동안 안 가시다가 그날 갑자기 찾아가신 이유가 뭔가요?"

질문을 받은 노혜숙은 눈썹을 꿈틀거렸다가 땅이 꺼질 듯 크게 한숨을 내쉬었다.

"내가 무슨 죄를 졌다고 이 난리들인지 모르겠어."

"옛날 속담에 오얏나무 아래에서 갓을 고쳐 쓰지 말라는 얘기가 있습니다. 몇 년 동안 오지 않다가 갑자기 오셨고, 그날 문제가 생겼다면 당연히 눈길을 끌 수밖에 없죠."

"며느리는 그렇다 쳐, 아들 녀석이 전화를 해서는 꼬치꼬치 묻는 게 너무 억울해서 그래. 내가 어떻게 키웠는데 말이야."

"집에 찾아가신 건 맞나요?"

탐정이 묻자 노혜숙은 한숨을 푹 쉬면서 그렇다고 했다.

"갔었지."

"왜 갑자기 가신 건가요?"

"내가 아들 집에도 맘대로 못 가?"

노혜숙이 갑자기 목소리를 높였지만 탐정은 눈 하나 깜짝하지 않았다.

"맘대로 못 찾아가는 상황인 거 같아서 여쭤봤지요. 사실 저는 다른 사람 집안일에는 관심 없습니다. 다만 이번 사건에만 관심이 있을 뿐입니다."

탐정이 차분하게 얘기하자 노혜숙이 대답했다.

"가긴 갔었지."

"몇 시쯤이었습니까?"

"2시 50분쯤. 3시는 안 넘었을 거야."

"왜 찾아가셨어요?"

"그냥."

노혜숙은 짧게 대답하고 시선을 돌렸다. 탐정이 가만히 바라보자 노혜숙은 마지못한 표정으로 다시 입을 열었다.

"그날 아파트 경로당에 놀러 갔었거든. 거기서 이런저런 얘기하는데 어떤 영감이 며느리랑 화해 못 하고 죽으면 그거만큼 큰 후회가 없을 거라고 했어."

"그래서 갑자기 찾아가셨군요."

"경로당에서 나와서 걷는데 마침 아들 녀석이 사는 아파트가 보이더라고. 전에도 몇 번 그 앞을 왔다 갔다 했는데 그땐 그냥 지나

쳤어. 그런데 그날은 이러다가 내가 갑자기 죽기라도 하면 어쩌나 싶어서 그냥 무작정 엘리베이터를 탔지."

"그래서 언제 전화를 거신 겁니까?"

"문을 열고 들어갔더니 썰렁하더라고. 그래서 며느리한테 전화를 했지."

"운동 중이라는 말을 들으셨겠군요."

"어찌나 쌀쌀맞은지 몰라. 그래서 내가 괜한 짓을 했다 싶어서 도로 내려왔지."

"집 안에는 얼마나 계셨나요?"

"1분? 현관문 열고 들어갔는데 아무도 없어서 전화 통화하고 바로 나왔어."

"나온 다음에는 집으로 바로 가셨나요?"

"아니, 목욕탕에 갔어. 원래 목욕탕에 가려고 나왔다가 아는 사람 만나서 같이 경로당에 갔던 거였거든."

"그리고 집에 돌아가셨습니까?"

"6시쯤 집에 돌아왔어. 난리가 난 건 집에 온 다음에야 알았지."

"아드님 집에 들어가셨을 때 고양이 못 보셨습니까?"

"코빼기도 못 봤어. 탐정 양반도 내가 고양이를 훔쳤다고 생각해?"

"고양이가 전자도어록 버튼을 눌러서 문을 연 다음에 도로 잘 닫고, 엘리베이터를 탄 다음 1층으로 내려가는 버튼을 혼자 누르고 빠져나가지 않았다면 누군가가 한 일이겠죠."

"그게 나라고?"

"전 어떤 선입견도 없이 조사를 합니다."

"거참, 며느리랑 화해하러 갔다가 도둑으로 몰렸네. 살다 살다 별일이 다 있네."

"혼자서 나온 걸 본 사람이 있습니까?"

노혜숙은 잠깐 생각에 잠겼다가 대답했다.

"경비 아저씨랑 들어가고 나올 때 인사했지."

"그게 누굽니까?"

"임혁섭 씨라고, 옛날부터 경비원을 하던 사람이야. 내가 예전에 그 아파트 살 때부터 알고 지냈어."

"그분이랑 인사를 나누고 목욕탕에 가셨군요. 어느 목욕탕으로 가셨습니까?"

"그건 왜?"

"탐정은 원래 세세하게 조사하거든요."

"저 아래 동림목욕탕."

"거기 몇 시쯤 도착하셨나요?"

"몇 시긴, 걸어갔으니까 3시 30분쯤이었겠지. 거기 카운터 아줌마도 잘 아니까 물어보든가."

탐정은 수첩을 꺼내서 노혜숙이 대답한 내용을 적었다. 그 모습을 신기하다는 듯 지켜본 노혜숙이 물었다.

"근데 탐정 양반이 고양이도 찾아?"

"고양이 찾는 탐정 많아요."

"돈벌이는 되고?"

탐정은 말하기는 쑥스러워 그냥 웃었다. 사실 두 달 정도 고양이를 찾아 주고 받은 사례금으로 밀린 월세를 갚을 수 있었다. 탐정의 반응을 본 노혜숙이 콧방귀를 뀌었다.

"아이고, 그게 뭐라고 사람까지 써서 찾아."

"세상은 계속 변하고 있어요. 거기에 맞춰서 사람들의 생각과 가치관도 변하는 중이죠. 그걸 인정하고 받아들여야 해요."

"그래도 옛날이 좋았어."

"그 옛날도 더 옛날에 비하면 엄청 바뀐 거잖아요. 시골에서 농사짓던 사람들이 도시로 올라오고, 아파트랑 공장들이 들어서고, 물건을 만들어서 전 세계로 수출하던 때잖아요. 도로와 철도가 어마어마하게 생겨난 것도 그때였고요. 세상은 늘 변해요. 그러니까 탐정이 고양이를 찾으러 다니는 거죠."

수첩을 덮은 탐정이 일어나면서 깍듯하게 인사했다.

"시간 내주셔서 고맙습니다."

팔각정에서 나온 탐정이 바바리코트 안주머니에 수첩을 넣는데 뒤에서 노혜숙의 목소리가 들렸다.

"며느리는 어때?"

"아끼던 고양이를 잃어서 슬퍼하고 있습니다."

"그깟 고양이가 뭐라고."

한쪽 무릎을 주먹으로 툭툭 치면서 일어난 노혜숙은 집으로 향했다. 그 뒷모습을 지켜보던 탐정은 팔각정 바닥에 떨어진 뭔가를 봤다. 아까 들어설 때는 못 봤던 것이었다. 탐정은 허리를 굽혀서 주의 깊게 살펴봤다.

"아파트 안에는 없는 거 같아요. 지하실이랑 주차장 다 찾아봤는데 안 보여요"

아파트 상가 중국집에서 만난 예나가 말했다. 탐정은 짜장면과 짬뽕, 깐풍기를 주문하고는 차분하게 대답했다.

"수고했어. 이따가 내가 아파트 주변을 다시 볼게."

옆에 앉은 성아영도 무거운 표정으로 입을 열었다.

"혹시 오늘 동영상 뜬 거 봤어요?"

"무슨 동영상이요?"

성아영은 휴대전화를 꺼내서 동영상을 보여 줬다. 화면에는 검은색 복면을 쓴 남자가 커튼이 쳐진 방 안에 있었다.

너희들은 모두 위선자다. 남들이 키운다고 고양이를 기르지만 귀찮아지면 내버리기 일쑤지. 그래 놓고 내가 나타나니까 다들 호들갑을 떠는 중이잖아. 나보고 가면을 벗고 정체를 드러내라고 하지만 정작 가면을 쓴 건 너희들이야. 나는 그 가면을 벗기기 위해 나타난 심판자 고양이 킬러 X다.

갑자기 화면이 흔들리더니 구석을 비췄다. 몇 개의 케이지들이 나란히 놓여 있고, 안에는 고양이들이 우글거렸다. 잠시 고양이들을 비춘 화면은 다시 킬러 X를 비췄다.

이제 심판의 시간이 다가왔다. 너희들이 고양이를 버리지 않았다면 어땠을까? 너희들이 고양이를 진심으로 사랑했어도 내가 나타났을까? 다음번에는 내가 저 고양이들을 어떻게 처리했는지를 보여 주마.

그것으로 동영상은 끝이 났다. 탐정은 정지된 화면을 물끄러미 바라봤다.

"저 사람이 고양이 킬러 X로군요."

"이제는 대놓고 고양이를 죽이겠다고 해서 캣맘들이랑 고양이 관련 커뮤니티가 완전히 뒤집어졌어요. 경찰에 신고를 하긴 했는데 별로 반응도 없고요."

"아직 범죄가 발생한 건 아니잖아요. 그런데 이게 이번 일이랑 무슨 상관인가요?"

"고양이 킬러 X가 우리 동네에 나타났다는 소문이 돌아요. 최근에 사라진 고양이들도 늘었고, 길고양이도 많이 줄었거든요."

"그거야 잠깐 나타난 현상 아닐까요?"

"며칠 전에 포획 틀로 길고양이를 잡는 사람을 본 캣맘이 있어요. 다가가서 물어봤더니 명함을 주면서 구청에서 중성화 수술을 해 주는 거라고 했대요. 그런데……."

"가짜 명함이었군요."

성아영이 걱정 가득한 얼굴로 끄덕였다.

"네. 거기다 모자에 마스크까지 써서 얼굴을 알아보지 못했대요."

"한마디로 빈틈이 없다는 얘기네요."

"그자가 이 동네에서 활동했다면 코코를 데리고 간 용의자로 올려도 될 거 같아요."

예나는 그 말에 반대했다.

"에이, 어떻게 그 집에 고양이가 있는 줄 알고 갔겠어요. 거기다 집을 비우는 시간까지 정확히 알고 갈 수는 없잖아요. 문은 또 어떻게 열고요?"

"관찰하면 가능해."

"네?"

깜짝 놀란 예나에게 탐정은 나무젓가락을 뜯어서 단무지가 담긴 그릇에 걸쳐 놓았다.

"그냥 지켜보는 거야. 몇 날 며칠이고 살펴보면 범죄 대상이 어떻게 움직이는지가 파악되는 거지. 언제 출근하고 퇴근하는지, 쓰레기는 언제 버리는지 알 수 있어."

"집이 어딘지 모르잖아요."

"복도식 아파트라 문을 열면 불이 켜지는 걸 볼 수 있어. 거기다 복도식이면 같은 층에 내려도 들킬 염려가 없어."

"CCTV는요?"

예나의 말에 탐정이 고개를 저었다.

"엘리베이터까지 가는 복도가 그리 밝지 않아서 모자만 눌러쓰면 알아볼 수가 없어. 엘리베이터 안도 마찬가지야. 들어가자마자 돌아서면 누군지 알 수 없을걸."

"그래도……."

"상대방 SNS만 좀 살펴봐도 취향이나 직업, 동선은 대충 파악할 수 있어. 그뿐만이 아냐. 고양이 관련 커뮤니티들은 대개 지역별로 나눠지잖아. 그러니까 이 지역 글만 파 봐도 알 수 있는 것들이 많아."

"그렇다고 해도 문은 어떻게 열어요?"

"자세히 알려주지는 못하지만 전자도어록을 풀 수 있는 방법이 몇 가지 있어. 그러니까 세상에 안심할 수 있는 건 없어."

탐정의 입에서 줄줄 이야기가 나오자 예나는 입을 다물지 못했다. 주문한 음식들이 나오면서 잠시 끊겼던 대화는 깐풍기를 하나 오물오물 삼킨 성아영이 입을 열면서 다시 이어졌다.

"항상 감시당한다는 걸 얘기하는 어떤 이론이 있지 않아요? 고등학교 때 배웠는데."

"제러미 벤담의 파놉티콘 이론입니다."

"맞아. 역시 탐정 아저씨는 똑똑하다니까."

"그게 뭔데요?"

자차이가 생각보다 짧았는지 잔뜩 인상을 찡그린 예나가 물었다.

"원래는 제러미 벤담이 감옥을 이렇게 건축하자고 제안하면서 만든 이론이야. 가운데 간수가 있는 감시탑이 있고, 주변에 원형으로 죄수들의 수용실이 있는 거지. 그리고 죄수들이 있는 곳은 환하게 하고 감시탑은 어둡게 만드는 거야."

"왜 그렇게 하는데요?"

"일단 죄수들은 어두운 감시탑 안에 있는 간수가 자신을 쳐다보는지 안 보는지 확인할 수가 없어. 그러면 겁을 먹고 딴생각을 안 하지. 반대로 간수는 자신이 누굴 보고 있는지 안 보여 주니까 효율적이고 말이야."

"근데 갑자기 감옥 얘기를 왜 하시는 거예요?"

"아까 감시 얘기를 했잖아. 그런 의미로 1970년대에 유명한 철학자가 다시 언급했거든. 국가가 개인을 감시하기 때문에 나라 전체가 거대한 감옥이 되어 버린다는 얘기를 하면서 파놉티콘 이론을 가져온 거야."

예나가 이제야 알겠다는 표정을 지었다.

"그랬군요. 그런 식으로 각 집의 정보를 알 수 있다고 해서 깜짝 놀랐어요."

"범죄로 이어질 수 있는 문제니까 조심해서 쓰는 게 좋지. 아무튼 고양이 킬러 X가 아주 꼼꼼한 자라면 그런 식으로 코코를 훔쳐 가는 게 불가능하지 않았을 거란 뜻이다."

탐정과 예나의 얘기를 듣고 있던 성아영이 어느새 걱정스러운 얼굴이 됐다.

"진짜 고양이 킬러 X의 짓이라면 큰일인데요."

"아직 확실한 건 아니니까 내일 주변을 살펴볼게요."

"코코가 사라진 지 사흘째예요. 이 정도면 코코가 멀리 가 버릴 수도 있어요."

"만약에 자기 의지로 나간 게 아니라 강제로 밖으로 나간 거라면 어떤가요? 그때도 멀리 가 버릴까요?"

잠시 머뭇거리던 성아영이 대답했다.

"그렇다면 이야기가 달라지죠. 그런데 왜요?"

탐정이 대답하려는 찰나 휴대전화를 들여다보던 예나가 외쳤다.

"대박!"

두 사람이 동시에 바라보자 예나가 호들갑을 떨었다.

"방금 '고양이가 최고다'에 재밌는 글이 하나 떴어요."

"무슨 글인데?"

탐정이 호기심을 보이자 예나가 액정 화면을 보여 줬다.

"누가 고양이 킬러 X의 정체를 폭로했어요."

"그게 누군데?"

"놀라지 마세요. 바로 레옹이래요."

예나의 말에 소스라치게 놀란 것은 성아영이었다.

"레옹? 말도 안 돼!"

"저도 믿기 어려운데 엄청 추천 많이 받았어요. 레옹이 지금 연락이 안 되는데 고양이 킬러 X가 등장한 때랑 딱 맞아떨어진대요."

"맙소사."

멘붕이 온 성아영이 통화를 하려고 밖으로 나갔다. 탐정은 예나가 보여 준 커뮤니티의 게시글을 읽었다. 단순히 레옹이 사라진 시점과 고양이 킬러 X가 등장한 시점이 맞물리는 게 의심스럽다는 정도다. 하지만 레옹의 괴팍한 성격과 고양이에게 기이할 정도로 집착하는 것을 경험한 회원들이 동조하면서 일이 커지고 있었다. 액정 화면을 들여다보는 탐정에게 예나가 조심스레 물었다.

"진짜 레옹일까요?"

"증거가 없잖아. 그리고 우리한테는 더 중요한 문제가 있어."

"만약 레옹이 코코를 데려갔다면 잡아야죠. 그럼 코코도 찾을 수 있는 거 아니에요?"

예나가 또박또박 얘기하자 탐정은 바로 답을 하지 못했다. 사실 게시글을 본 순간 탐정도 비슷한 생각을 했기 때문이다. 밖에서 통화를 마치고 돌아온 성아영이 말했다.

"레옹이 연락이 끊긴 게 확실해요. 최근에 아무도 보거나 연락이 된 사람이 없대요."

"방금 예나가 코코를 데려간 게 레옹일지도 모른다고 했어요."

탐정의 얘기에 성아영이 미간을 찌푸린 채 고개를 끄덕끄덕했다.

"레옹은 집사들이 고양이들을 더 불행하게 만든다고 엄청 화를 냈어요. 동영상을 보면 고양이 킬러 X가 증오하는 건 고양이가 아니라 제대로 기르지 않는 사람들이었고요."

"그렇다면 레옹이 고양이 킬러 X라고 해도 이상하지 않단 말인가요?"

"최소한 저는 놀라지 않을 거 같아요."

탐정은 두 손을 모아 깍지를 낀 채 생각에 잠겼다. 옆에 앉은 성아영이 젓가락을 들면서 입을 열었다.

"만약 코코를 레옹, 아니 고양이 킬러 X가 데려갔다면 일이 굉장히 복잡해져요."

"그렇겠죠. 찾기도 어려울뿐더러 시간도 없으니까요."

"내일 아파트 주변을 살펴보면서 단서를 찾아볼게요."

"제가 도울 일은요?"

성아영의 물음에 탐정이 대답했다.

"일단 고양이 킬러 X에 관한 자료를 찾아 줘요. 그리고 재작년 아파트 단지에서 벌어졌던 사건 관련자들도 조사해 주고요."

"관리소장은 잘렸고, 자치회장으로 나왔다가 떨어졌던 인간도 이사 간 지 좀 됐는데요."

"두 사람만 관여한 건 아닐 거예요. 아파트 내부에 고양이를 탐탁치 않아 하는 사람이 남아 있는지 확인하려고요. 범인이 누군지 모르지만 내부자의 도움을 받은 게 분명합니다."

"내부자요?"

"첫 번째, 범인은 황예은 씨가 집을 비우는 시간을 정확하게 알고 있었어요. 그리고 두 번째, 갑자기 찾아온 시어머니 노혜숙 씨에게도 들키지 않았죠. 보통 2시에서 4시까지 자리를 비우면 중간 시간대를 노려서 일을 벌입니다. 그런데 노혜숙 씨가 딱 그 시간대에 찾아갔어요."

"누군가 밖에서 감시하고 있었다는 얘기군요."

"맞아요. 그 동은 단지 한가운데라서 낯선 사람들이 드나들면 눈에 잘 띄어요. 내 말 무슨 얘긴지 알겠죠?"

"아파트 주민이나 관계자가 범행을 도왔다는 얘기군요."

"지금으로서는 그게 가장 가능성이 높습니다."

"알겠어요."

두 사람이 얘기를 주고받는 사이 부지런히 깐풍기를 먹어 치운 예나가 외쳤다.

"짬뽕 식어요!"

다음 날 오전, 탐정은 문제의 아파트 앞으로 갔다. 일요일 오전의 아파트는 고요했다. 놀이터 옆 경비실의 경비 아저씨가 의심스러운 눈으로 탐정을 바라보다가 천천히 다가왔다. 키가 좀 큰데 구부정한 몸에 앞머리가 많이 빠져 있었다. 나이는 60대 중반으로 보였다.

"이 동네 사람은 아닌 거 같은데 뭐 하는 양반이슈?"

"탐정입니다."

"타, 탐정?"

"네. 의뢰받은 일을 조사하고 있습니다."

"아파트에 별일 없었는데……."

"9층에 사는 주민이 고양이를 잃어버렸다고 해서요."

탐정의 말에 경비 아저씨가 알겠다는 표정을 지었다.

"아, 기억나. 경비실에도 전단지가 붙어 있지."

"그때 여기 계셨습니까?"

"돌아가면서 근무하는데 난리가 나기 이틀 전인가에 여기로 들어왔어. 이제 며칠 있으면 후문 주차로 빠져."

"잘됐네요. 그날 무슨 일이 있었는지 기억나는 대로 말씀해 줄수 있으세요?"

"얘기하려면 관리소장 허락받아야 하는데……."

"제가 못 찾으면 경찰이 조사하러 나올 거예요. 그럼 더 귀찮아질 텐데요."

"고양이 한 마리 없어졌는데 경찰까지 나서?"

"한 마리가 아니라 여러 마리가 없어져서요. 요즘 사람들이 개랑 고양이를 얼마나 소중히 여기는지 아시잖아요."

"그러게, 언제부터 짐승 새끼들을 그렇게 애지중지했는지 몰라."

경비 아저씨가 푸념을 늘어놓자 탐정이 적당히 맞장구를 쳤다.

"덕분에 사람만 고생이죠. 그날 일만 아는 대로 말씀해 주시면 더 귀찮게 안 할게요."

"정말?"

"그럼요."

탐정이 사람 좋아 보이는 미소를 지으면서 대답하자 경비 아저씨가 주변을 돌아봤다.

"지랄 맞은 관리소장이 보면 안 되니까 저쪽으로 가서 얘기하자고."

"그러시죠."

놀이터 쪽에서 안 보이는 경비실 뒤편으로 간 경비 아저씨가 잠깐 기다리라고 하고는 안에 들어갔다가 나왔다. 돋보기를 쓰고 서류철을 들고 나온 경비 아저씨가 앞주머니에서 담배를 하나 꺼냈다.

"나흘 전쯤일 거야. 점심 먹고 잠깐 쉰 다음에 순찰 한 바퀴 돌았으니까 아마 2시쯤이었겠지. 그 집 아줌마가 밖으로 나가는 걸 봤어."

"그 집 사람인 건 어떻게 아셨어요?"

탐정의 물음에 경비 아저씨는 아파트 입구를 힐끔 보면서 대답했다.

"만날 하는 일이 사람 오가는 거 보는 건데 그것도 모를까 봐. 이 아파트에 지금 임신한 사람이 세 명이야. 102호랑 513호, 917호 그 아줌마."

"그렇군요. 다른 사람들은 드나들지 않았나요?"

"관리사무소 허가도 받지 않고 전단지 돌리려는 아줌마를 한 명 잡았고, 택배 총각이 왔다 갔지. 그리고 치킨집이랑 중국집에서 배달하러 들어갔고."

"그걸 다 기억하세요?"

탐정이 신기해하며 묻자 담배 연기를 내뿜은 경비 아저씨가 서류철을 펼치면서 대답했다.

"여기 적혀 있지."

종이를 몇 장 넘긴 경비 아저씨가 눈을 가늘게 뜬 채 말했다.

"또 누가 왔더라. 어, 917호 아저씨의 어머니가 왔다 갔어."

"몇 시쯤에요?"

"시간이, 3시로 적혀 있네."

"몇 시에 들어왔다가 나갔는지는 알 수 없나요?"

"그냥 3시라고만 적힌 걸 보면 바로 나갔든지 아니면 그냥 쭉 있었던 거 같아."

탐정은 그때서야 경비 아저씨의 이름표를 봤다. 검정색 바탕에 하얀색 실로 임혁섭이라는 이름이 수놓아 있었다. 탐정은 어제 만난 노혜숙에게서 들었던 이름인 것을 확인하고는 조심스럽게 물었다.

"시어머니 말로는 바로 나왔다가 아저씨랑 잠깐 얘기를 나눴다고 하던대요."

"그랬던가? 요즘은 젊을 때 같지가 않아서 말이야. 아! 맞아. 조금 뒤에 나오는 거 보고 내가 말을 붙였지. 그랬더니 며느리 보러 왔는데 없어서 목욕 간다고 하고 갔어."

"그분이 좀 이상하거나 뭔가를 숨기려고 하는 눈치는 아니었나요?"

"그 할머니가? 글쎄, 그런 거까지는 잘 모르겠는데."

"가방 같은 걸 들고 나왔나요? 아니면."

"쪼그만 목욕가방뿐이었어. 플라스틱으로 된 거 있잖아."

"그러고 나선요?"

"4시 쯤 넘어서 917호 아줌마가 돌아왔는데 얼마 안 있다가 뛰어내려 왔어. 그러고는 갑자기 고양이 못 봤냐면서 횡설수설하지 뭐야."

"그 집 고양이 보신 적 있어요?"

"먼발치에서 한두 번 봤지. 어떤 사람은 곧잘 구분하던데 난 봐도 영 모르겠어."

혀를 찬 경비 아저씨가 서류철을 덮었다. 탐정은 고맙다는 인사를 하고 돌아섰다.

아파트 뒤로 돌아간 탐정은 구석구석을 살폈다. 뒤쪽은 지하주차장으로 가는 우회도로 진입로라서 CCTV가 여러 대 설치되어 있었다.

"이쪽으로 왔다면 바로 흔적이 남았을 텐데."

아파트 현관 쪽은 놀이터와 바로 연결되어 있어서 매의 눈을 한 경비 아저씨의 눈에 띄었을 가능성이 높았다. 거기다 고양이를 숨기려면 가방 같은 걸 메야 했을 것이다. 이리저리 살펴보던 탐정은 아파트 끝 비상구 난간 아래쪽에 바위가 유독 튀어나와 있는 걸 발견했다. 바위가 뾰족해서 위험하긴 했지만 잘만 하면 내려올 수 있을 것 같았다. 바위 끝에는 마른 흙이 묻어 있었다. 신발로 디디면서 묻은 흔적일 수도 있었다. 바위 앞에 선 탐정이 도로 쪽을 바라봤다. 도로 바로 전에 지하주차장 출입구가 있어서 CCTV는 모두 그 방향을 바라봤다. 그러니까 여기로 내려오면 CCTV에 걸리지 않고 아파트로 드나들 수 있었다. 탐정이 옅은 미소를 지으며 말했다.

"빙고."

탐정은 바위를 딛고 1층 난간을 잡았다. 약간 아슬아슬하기는 했지만 난간에 배를 걸치고 낑낑거리자 넘어갈 수 있었다. 복도에 들어서서는 배에 묻은 흙을 털어 냈다. 복도식으로 길게 이어진 아파트의 양쪽 끝은 비상계단이었다. 복도에 CCTV가 없는 것을 확인한 탐정은 계단을 올라갔다. 위층에 도착할 때마다 복도를 살피고 인기척이 없으면 다시 올라가는 일을 반복하느라 다소 시간이 걸렸다. 9층에 도착해서는 다리에 힘이 풀렸다. 드디어 탐정은 917호 앞에 섰다. 1분 정도 머문 다음에 다시 움직였다. 계단을 다 내려가서 1층에 도착한 탐정은 시간을 확인하고는 조심스럽게 난간에 배를 걸쳤다. 그리고 바위에 발끝을 갖다 댔다. 힘을 주고 내려서려는 순간 발이 미끄러지면서 엉덩방아를 찧은 다음에 한 바퀴 구르고 말았다. 다행히 한낮이라 사람들이 없어서 창피를 당하지는 않았다. 탐정은 자신을 나뒹굴게 만든 바위를 원망스러운 눈길로 바라봤다. 하지만 넘어지는 와중에 머릿속에 어떤 생각이 퍼뜩 떠올랐다. 주저앉은 상태에서 아파트를 올려다본 탐정은 머릿속에 떠오른 생각들을 하나씩 정리했다. 곰곰이 생각에 잠겨 있는데 줄무늬 티셔츠를 입은 꼬마가 걸음을 멈추고 뚫어지게 바라봤다. 탐정은 히죽 웃었다.

"아저씨 이상한 사람 아니야."

"코피."

꼬마의 얘기를 들은 탐정은 그때서야 코에서 흘러나오는 뜨끈한 기운을 느꼈다. 황급히 손수건으로 코를 가린 탐정은 꼬마가 소리를 지르면서 도망치는 모습을 지켜봤다.

사무실로 돌아와서 옷을 갈아입은 탐정은 바바리코트 깃에 묻은 핏자국을 대충 닦아 냈다. 그리고 동네 지도를 확인하기 위해 컴퓨

터를 켰다. 때마침 문이 열리고, 운동복 차림의 성아영이 들어오다
가 그 모습을 봤다.

"어디 다친 거예요?"

차마 어떻게 다쳤는지 얘기하지 못하고 우물쭈물하자 성아영이
가방에서 물티슈를 꺼내 코와 턱을 꼼꼼하게 닦아 줬다.

"고양이 찾으면 필요할까 해서 가져왔는데 사람한테 쓰네요. 이
렇게 칠칠치 못하면 범인은 어떻게 잡아요?"

"형사 콜롬보를 보면 평범해요. 근데 범인을 잘 잡아요. 왜 그런
지 알아요?"

"왜 그런데요?"

"악이 평범하기 때문이죠."

진지한 얼굴의 탐정을 보면서 성아영이 피식 웃었다.

"그건 한나 아렌트가 한 말이잖아요."

"맞아요. 그리고 범죄의 핵심을 찌르는 얘기기도 해요. 범죄는
대부분 면식범, 그러니까 피해자와 아는 사람이 저지릅니다. 평범
한 동네 아저씨나 아줌마, 또는 옆집 총각이 범죄자가 되는 겁니
다."

"왜 그런 거죠?"

"사람에게는 임계점이 있어요. 그걸 넘으면 더는 참을 수 없는
거죠. 사회생활을 하다 보면 겪는 부당함, 타인을 멸시하고 증오하
는 마음, 궁핍함 같은 것 때문에 끊임없이 임계점을 넘는 상황이

와요. 그걸 확 넘으면 범죄자가 되는 겁니다."

"고양이를 괴롭히는 작자들도 임계점을 넘어선 건가요?"

"히틀러도 애초에는 그냥 유태인을 증오하는 화가 지망생이었어요. 그를 엄청난 학살자로 만든 건 유태인에 대한 사회의 증오심과 결합했기 때문입니다. 지난번에 아영 씨가 말한 것처럼 고양이를 괴롭히는 사람은 그걸로 끝나지 않을 가능성이 높아요. 특히 이번 사건은 고양이를 훔쳐서 사람을 괴롭힌 거니까 더더욱 그러하죠."

"꼭 범인을 잡고 싶어요."

"그러면 저를 좀 도와주셔야겠어요."

"어떻게 도우면 되죠?"

"목욕 언제 했어요?"

탐정의 엉뚱한 질문에 성아영이 발끈했다.

"뭐라고요?"

"저 대신 들어가 봐야 할 곳이 있어요."

사무실을 나온 탐정은 골목길 입구에서 성아영을 기다렸다. 잠시 후 목욕 바구니를 옆에 낀 그녀가 모습을 드러냈다.

"이게 코코를 찾는 데 도움이 돼요?"

"물론입니다. 두 군데 들어가서 꼼꼼히 살펴보세요. 내부 구조랑 동선 같은 거 모두요."

"아무리 그래도 때를 두 번이나 밀라는 건 좀 너무해요."

"코코를 찾기 위해 꼭 필요한 일입니다."

"알았다고요. 근데 고양이 킬러 X가 용의자 아니었나요?"

"여러 가능성을 놓고 봐야죠. 이제 정말 시간이 없잖아요."

"그런데 내가 두 번이나 목욕하고 때 미는 거랑 코코를 찾는 거랑 정말 무슨 상관인데요?"

"날 믿어요."

탐정이 단호하게 얘기하자 성아영이 툴툴거렸다.

"알았어요. 대신 코코 못 찾으면 각오해요."

"잘 다녀와요."

성아영이 멀어지자 탐정도 발걸음을 옮겼다. 아파트 단지 정문에 선 탐정은 휴대전화를 꺼내서 스톱워치를 켰다. 그리고 최대한 천천히 발걸음을 옮겼다. 그가 향한 곳은 성아영의 첫 번째 목적지인 해성목욕탕이었다. 시간을 확인한 탐정은 다시 아파트 정문으로 돌아왔다. 그리고 천천히 걸어서 동림목욕탕까지 갔다. 똑같이 시간을 잰 뒤 아파트 정문으로 돌아왔다. 그리고 몇 번 이 과정을 되풀이했다. 탐정은 주변을 살피다 무엇인가를 발견하고 걸음을 멈췄다. 그가 바라본 곳은 골목길 네거리 구석에 있는 떡집이었다. 낡은 간판에 작은 곳이었는데, 마치 불이라도 난 것처럼 엄청난 김이 문 밖으로 뭉게뭉게 흘러나오는 중이었다. 가게 밖의 허름한 평상에 할머니들 세 명이 옹기종기 모여 있는 게 눈에 들어왔다. 탐정은 시간을 재던 휴대전화를 주머니에 넣고 떡집으로 향했다. 그러자 평상에 앉아서 떠들던 할머니 중 한 명이 안쪽에 대고 소리쳤다.

"손님 왔어!"

그러자 머리에 수건을 두른 할머니가 문 밖으로 고개를 내밀었다.

"지금 떡 뽑는 중이니까 잠깐만 기다려!"

"네."

탐정이 짧게 대답하고는 기다리자 아까 안쪽에 대고 소리친 할머니가 물었다.

"날도 더운데 바바리코트에 웬 중절모여?"

그러자 다른 할머니들이 한마디씩 거들었다.

"저 모자 죽은 우리 영감탱이가 옛날에 쓰던 거랑 비슷하네."

"혹시 학교 앞에서 어슬렁거린다는 바바리맨 아냐?"

마지막 할머니의 말에 다들 한바탕 웃어 젖혔다.

"그럼 학교로 가지 우리 같은 노인네들 앞에 왔겠어?"

가만있다가는 벗어 보라는 얘기까지 나올 분위기라 탐정이 적당히 이야깃거리를 바꿨다.

"여기 떡 맛있나요?"

"맛있다마다, 총각은 운이 좋은 줄 알아. 떡 나오는 시간에 딱 맞춰 왔잖아. 우리도 아까부터 기다렸어."

"매일 같은 시간에 떡이 나오나요?"

"그럼, 오후에는 세 시 쯤 넘어서 나오지."

얘기를 주고받는 사이 떡집 할머니가 김으로 자욱한 떡집에서 얼굴을 빼꼼 내밀고 외쳤다.

"떡 나왔어! 할망구들아!"

그러자 할머니들이 한 명씩 떡집으로 들어갔다. 탐정도 안으로 들어가서 떡을 골랐다. 그러면서 유리창 밖으로 보이는 거리를 살폈다. 골목길 모퉁이에 있어서 양쪽에서 오가는 사람들이 한눈에 보였다. 떡을 고르느라 법석을 떠는 할머니들 사이에서 몇 가지 떡을 고른 탐정이 계산하면서 물었다.

"단골이 꽤 많으신가 봐요?"

"여기서 떡집을 한 지 30년이 넘었으니까. 이 동네 사람들 중에 우리 집 떡 안 먹어 본 사람 있음 나와 보라 그래."

그렇게 얘기를 주고받는 사이에도 손님들이 계속 들어왔다. 서로 안부를 주고받으니 시끌벅적했다. 손님뿐만 아니라 아는 사람들은 그 앞을 지나면서 빠짐없이 인사를 했다. 그 모습을 본 탐정이 거스름돈을 챙기면서 슬쩍 입을 열었다.

"매일 이 시간이면 사람들로 꽉 차네요."

"아유, 그럼! 총각은 처음 보는데 이 근처 살아?"

"저 위쪽에 살아요. 앞으로 가끔 올게요."

떡이 든 비닐봉지를 챙긴 탐정이 떡집 밖으로 나왔다. 그리고 골목길 중간에 서서 떡집을 바라본 채 휴대전화를 꺼내서 주변 지도를 확인했다. 머릿속으로 동선을 그려 본 탐정은 회심의 미소를 지었다.

"어찌나 세게 미는지 살가죽 다 벗겨지는 줄 알았어요."

지친 표정의 성아영이 바나나 우유를 빨대로 마시면서 투덜거렸다. 탐정과 성아영은 길에서 만나 걸으면서 대화를 나눴다.

"어땠어요?"

"일단 동림은 낡았고, 해성은 최신식이었어요. 탕도 넓었고, 사우나도 훨씬 잘 되어 있었고요."

"이동 동선은요?"

"해성은 들어가면 바로 표 내고 지하로 내려갈 수 있었고, 엘리베이터가 있었죠. 동림은 2층에 있어요."

"때는 어느 쪽이 잘 밀던가요?"

"둘 다 잘 밀었어요. 해성 갔다가 동림 갔는데 목욕관리사가 때가 안 나온다고 벅벅 밀어 대서 너무 아팠어요."

"눈에 띄는 차이 같은 건 없었어요?"

"그 정도면 충분하지 않아요? 막판에 시간 확인하느라고 좀 정신이 없었어요."

"왜요?"

"해성은 욕탕이랑 옷 갈아입는 데에 시계가 여러 개 있어서 시간을 확인하기 쉬웠는데 동림은 시계가 없더라고요."

"하나도요?"

"옷 갈아입는 데에 옛날 벽시계가 있었는데 고장 난 상태였어요. 얼마나 오래되었는지 먼지가 뿌옇게 앉았더라고요. 그리고 요즘 내는 곳에도 시계가 없었어요."

성아영은 자신의 얘기는 듣는 둥 마는 둥 하면서 휴대전화만 들여다보는 탐정에게 짜증을 냈다.

"내 얘기 듣는 거예요?"

"그럼요. 시간 재는 중이라 눈을 못 떼고 있었어요."

"시간을 왜 재요?"

"코코를 찾으려고요."

"그나저나 여긴 산으로 가는 길이잖아요. 코코가 여기로 왔다고요?"

"가능성을 확인해 보는 중이죠."

"퍼센트로 치면 얼마나 되는데요?"

"1퍼센트 정도."

실망한 성아영이 한숨을 쉬면서 투덜거렸다.

"하루에 목욕탕을 두 번이나 가고, 때를 두 번이나 밀었는데 고작 1퍼센트요?"

탐정은 갑자기 발걸음을 멈췄다. 그리고 길옆에 활짝 핀 노란색 코스모스들을 보고는 배시시 웃었다. 그걸 본 성아영이 물었다.

"왜요? 귀에 하나 꽂아 줄까요?"

"이제 사무실로 가요."

"코코는 언제 찾고요?"

"하나만 확인하면 됩니다."

탐정은 아파트 근처에서 혼자 코코를 찾고 있던 예나에게 사무실로 오라고 연락했다.

"벌써 나흘째예요. 이러다간 영영 못 찾겠어요."

예나가 사무실로 돌아와서는 푸념을 했다. 탐정과 함께 돌아온 성아영도 절박한 얼굴로 서성거렸다.

"보통은 나흘을 넘기면 찾기 힘들어요. 이제는 먹을 것을 찾아서 딴 곳으로 갔을 거예요."

"만약 자기 발로 나간 게 아니라면 어떨까요?"

탐정의 물음에 성아영은 고개를 갸웃거렸다.

"사람들은 아니라고 하지만 고양이는 집으로 돌아오려고 시도하기도 해요."

탐정은 컴퓨터 모니터에 동네 뒷산 지도를 띄우고는 성아영에게 물었다.

"만약 코코가 여기쯤에 누군가에 의해 버려졌다면 어떤 길로 집으로 돌아오려고 할까요?"

모니터 쪽으로 몸을 돌린 성아영이 중얼거렸다.

"여긴 아까 갔던 곳 같은데?"

"맞아요. 거기서부터 원래 집까지요."

한참 지도를 보던 성아영이 입을 열었다.

"일단 사람들이랑 다른 길고양이들을 피해서 움직여야 하니까 길림아파트 쪽 산기슭으로 넘어와서 아파트 단지 쪽으로 가려고 하겠네요. 아파트 정문 쪽은 사람이랑 차들이 많이 다녀서 가지 않을 것 같고요."

"아파트는 계속 찾았는데 없었으니까 아직 거기까지는 가지 않았겠군요."

성아영이 고개를 끄덕이며 말했다.

"아직 아파트에 들어서지 못했다면 아파트 단지 옆 다세대주택들이 있는 곳 어딘가에 있겠네요. 길림아파트는 지대가 너무 높은데다가 고양이들이 있을 만한 곳이 없잖아요."

"그럼 거길 찾아봅시다."

탐정의 말에 예나가 물었다.

"고양이 킬러 X가 코코를 데려간 게 아니었어요?"

"그자가 범인이라고 하기에는 결정적인 문제가 하나 있어."

"문제요?"

"그자가 누구든, 설사 레옹이라고 해도 코코와는 얼굴도 본 적 없을 거 아냐."

"당연하죠."

"너도 그 집 가 봤지? 30평 가까운 집에 고양이가 있는데 혼자서 쉽게 잡을 수 있을 거 같아?"

"그러네요. 고양이가 작정하고 장롱 위쪽 같은 데 올라가 버리면 못 잡잖아요."

탐정과 예나의 얘기를 듣던 성아영이 뭔가 깨달은 듯 목소리를 높였다.

"그럼 코코를 아는 사람이 범인이란 얘긴가요?"

탐정은 옷걸이에 걸어 놨던 바바리코트를 입으면서 대답했다.

"코코를 찾아보면 알겠죠."

문을 열고 나선 탐정은 멀리서 고양이 울음소리 같은 것을 들었다. 깍지를 낀 손가락을 우두둑 펴면서 심호흡을 한 탐정이 조용히 말했다.

"기다려라, 코코야."

수색은 신중하게 실시됐다. 골목길 좌우로 길게 늘어선 다세대 주택의 지하와 담장 사이, 그 뒤쪽을 차례차례 뒤져 나갔다. 골목 길에서 보이지 않는 안쪽이나 뒤쪽은 낙엽과 쓰레기가 워낙 많아 서 살펴보는 데 시간이 제법 걸렸다. 그 바람에 바바리코트는 금방 지저분해졌지만 탐정은 개의치 않고 낙엽과 쓰레기 더미를 뒤졌 다. 그렇게 한참이나 찾았지만 흔적이 나오진 않았다. 탐정이 그렇 게 뒤지는 사이, 성아영의 휴대전화가 울렸다. 전화기를 들고 잠시 통화하던 그녀가 탐정에게 말했다.

"재작년에 아파트 관리소장이랑 이상한 아저씨가 고양이들을 해코지하려고 했던 일 알아봐 달라고 했죠?"

"뭐가 나왔나요?"

"그때 관리소장이랑 같이 고양이를 몰아내야 한다고 했던 사람이 아직 경비원으로 일하고 있어요."

"이름이 임혁섭 아닌가요?"

"어? 어떻게 알았어요?"

놀란 성아영에게 탐정이 씩 웃어 줬다. 앞장서서 찾던 예나가 외쳤다.

"없어요. 아무래도 잘못 생각한 모양이에요."

탐정은 먼지투성이가 된 바바리코트를 털면서 고개를 갸웃거렸다.

"분명 이 근처일 거 같은데."

오랫동안 아래를 내려다보느라 목이 뻐근해진 탐정은 뒷목을 잡으면서 고개를 뒤로 젖혔다. 그러다가 다세대주택 중간에 튀어나와 있는 화분받침대들을 봤다. 거의 대부분 화분 대신 큼지막한 에어컨 실외기가 자리를 차지하고 있었다. 그걸 본 탐정이 성아영에게 말했다.

"저길 찾아봐야겠어요."

탐정이 가리킨 외벽의 화분받침대를 본 성아영이 메고 있던 가방에서 자루를 꺼냈다.

"고양이가 떨어지면 다칠 수 있으니까 이걸로 잘 받치세요."

자루를 건네받은 탐정은 담장을 딛고 에어컨 실외기가 놓인 화분받침대들을 살폈다. 그렇게 한참 확인하던 탐정이 나지막하게 한마디 했다.

"빙고."

"찾았어요?"

성아영의 물음에 탐정은 가만히 고개를 끄덕거리고는 조심스럽게 손을 뻗었다.

"잡았다!"

에어컨 실외기 뒤편의 좁은 틈에 웅크리고 있던 코코는 거칠게 울면서 몸부림을 쳤다. 덕분에 탐정은 손등이 긁혔지만 그래도 손의 힘을 풀지 않고 주둥이를 펼쳐 자루 속에 넣었다. 자루에 들어간 코코는 거짓말처럼 얌전해졌다. 자루를 건네받은 예나가 혀를 찼다.

"어휴, 완전 먼지 덩어리네요."

"저기 담장 아래 좁은 틈을 따라 들어와서 여기로 뛰어올라 왔으니까 당연히 먼지투성이지."

"근데 얘가 여기 있는 줄은 어떻게 알았어요?"

"자기 발로 나간 게 아니라 의뢰인의 시어머니가 산에 갖다 버린 거야. 고양이는 집까지 돌아오려고 했던 거고. 그래서 집 근처를 찾은 거지."

"시어머니가 버렸다고요? 그것도 산에 버렸다는 건 무슨 수로

192

안 거예요?"

성아영이 영문을 모르겠다는 표정으로 묻자 탐정이 자루 속에 든 코코를 가리키면서 말했다.

"코코 귀를 봐요."

탐정의 말에 예나가 코코의 귀를 살펴보다가 노란색 코스모스 꽃잎을 발견했다.

"이걸로 알았다고요?"

"노란색 코스모스는 이 근처에서는 뒷산 산책로 중턱밖에는 없어요."

"아까 갔던 곳 아니었어요?"

"맞아요. 시어머니가 거기다가 버린 겁니다."

"지난번에는 알리바이가 확실하다고 했잖아요."

"확실한 것처럼 보였죠. 저를 만나러 나왔을 때 신발에 노란 코스모스 꽃잎이 묻어 있는 걸 봤어요."

"그걸로 시어머니를 의심하기 시작한 거예요?"

"균열은 작게 시작되니까요. 집에서 50미터밖에 안 떨어져 있는 목욕탕에 가질 않고 130미터나 떨어진 목욕탕으로 갔어요. 무릎이 안 좋아서 지팡이를 짚고 다니는 분치고는 너무 멀리 간 거 같지 않아요?"

가만히 듣고 있던 예나가 끼어들었다.

"그럴 수도 있지 않아요? 저도 자주 가는 피시방 말고 다른 곳갈 때 있어요."

"맞아. 하지만 두 목욕탕에는 결정적인 차이점이 하나 있단다."

"그게 뭔데요?"

"시계."

"네?"

예나는 생각지 못했던 답에 놀랐다. 탐정은 손가락으로 시계 모양을 그렸다.

"원래 가던 목욕탕에는 시계가 많았어. 그런데 할머니가 이번에 간 목욕탕은 고장 난 시계밖에 없었다고 하더구나."

"할머니는 여탕에 갔을 텐데 어떻게 아세요? 혹시?"

예나의 짓궂은 얘기에 탐정은 성아영을 바라보면서 싱긋 미소를 지었다.

"아영 씨한테 부탁했어. 쓸데없는 상상은 하지 마라."

"그나저나 시계랑 이번 사건이랑 무슨 상관인데요?"

"그냥 목욕만 할 거라면 상관없지. 하지만 할머니는 알리바이를 만들어야만 했어."

"알리바이요?"

예나의 물음에 탐정은 코코를 쓰다듬으면서 대답했다.

"3시 30분쯤 도착해서 6시까지 목욕탕에 있다가 돌아왔다고 하셨잖아."

"네, 목격자도 있었고, 가는 길에 고양이를 버리기도 어렵다고 하셨잖아요."

"아마 집에서 나올 때 코코를 데리고 나왔을 거야. 그리고 산으로 가서 버렸겠지. 안 좋은 무릎 때문에 지팡이를 짚고 걷는 분이 산에 가서 고양이를 버리고 목욕탕까지 가려면 최소한 30분은 더 걸렸을 거야."

탐정의 얘기를 들은 예나가 알겠다는 표정을 지었다.

"그렇게 되면 도착 시간이 틀려지겠네요."

"맞아. 매번 가던 목욕탕은 시계가 사방에 있어서 마주친 누군가가 시간을 확인할 수 있어. 하지만 이번에 새로 간 목욕탕은 시계가 고장 나서 정확한 시간을 알 수 없었지."

설명을 들은 예나가 감탄했다.

"와! 할머니치고는 굉장히 치밀하시네요."

"〈제시카의 추리극장〉을 즐겨 봤다고 했거든. 그러니 알리바이가 있어야 한다는 생각을 하신 거지. 거기다 하나 더 있었어."

"뭐요?"

"할머니가 원래 다니던 목욕탕 가는 길 중간에 있던 떡집."

"거기가 왜요?"

"가서 물어보니까 매일 3시에 떡이 나온다고 했어. 그러니까 원래 다니던 목욕탕에 갔다면 거짓말을 한 게 들통 났을 거야."

"하긴, 시간은 못 봐도 매일 3시에 떡이 나왔다면 그걸로 시간을 알 수 있었겠죠."

"그러니까 나이 먹었다고 우습게 보지 마."

난데없는 탐정의 나이 애기에 예나가 혀를 날름 내밀었다.

"나이 들었다고 할머니 편드는 거예요? 그런데 왜 할머니가 그렇게까지 하면서 코코를 버린 거예요?"

탐정은 잠시 품에 안긴 코코를 내려다봤다. 자신 때문에 무슨 일이 벌어졌는지 상상도 못 하는 코코는 얌전히 입맛을 다시는 중이었다.

"며느리가 결혼한 지 몇 년 만에 임신을 했잖아. 할머니에게는 당연히 아이를 낳는 게 우선이었겠지. 그동안 임신이 늦어진 게 고양이 때문이라고 믿으니까 다급했을 거야."

"뱃속의 아이한테 해로울까 봐요?"

탐정은 대답 대신 고개를 끄덕거렸다. 말로 하기에는 너무나 어려운 문제였기 때문이다. 예나는 얼굴을 찡그린 채 말했다.

"아무리 그래도 그렇지, 기르던 고양이를 말도 안 하고 갖다 버린 거잖아요."

"맞아. 거기다 계속 찾고 있는데도 모른 척한 것도 그렇고 말이야. 아마 아이가 태어난 다음에도 좋지 않다고 생각했을 거야."

"그럼 코코를 데려다줘도 문제겠네요."

예나의 말을 코코가 알아들었는지 머리를 들고 울었다. 탐정은 코코의 머리를 부드럽게 쓰다듬으면서 말했다.

"그러게. 그래도 일단 기쁜 소식을 알려 주자."

성아영이 앞장서서 걸으면서 황예은에게 전화를 했다. 통화를 마친 그녀가 탐정에게 말했다.

"놀이터에서 기다리겠대요."

"그쪽으로 가죠."

"그나저나 그 시어머니는 어떻게 해야 하죠? 예나 말대로 또 이런 짓을 저지를 수도 있잖아요."

"고양이를 버렸다는 걸로 처벌할 수는 없습니다. 거기다 자칫하다가는 가정의 평화를 완전히 깰 수 있는 문제니까요."

"어렵네요."

"나한테 맡겨 주면 알아서 해결할게요."

"어떻게요?"

성아영이 묻자 탐정은 어깨를 으쓱했다.

"탐정 방식으로요."

얘기를 주고받는 사이 놀이터에 도착했다. 아파트 동 입구에서 서성이던 황예은은 탐정의 품에 안긴 코코를 보고는 한걸음에 달려왔다. 옆에서 지켜보던 남편 김영학도 얼른 아내 뒤를 따랐다. 몇 걸음 뒤에 서 있던 시어머니 노혜숙은 얼굴을 찌푸렸다. 황예은이 코코를 이리저리 살폈다.

"코코야! 어디 갔었어? 다친 데는 없고?"

"먼지를 좀 많이 뒤집어쓴 거 빼고는 괜찮습니다."

황예은은 눈물을 글썽이며 코코를 품에 안은 채 말했다.

"고맙습니다. 우리 코코 못 찾을까 봐 얼마나 걱정했는데요."

"애도 주인 마음을 아는지 집 근처까지 자기 발로 찾아왔더군요."

"대체 코코가 어떻게 나갔는지 모르겠어요. 혹시 그건 알아내셨나요?"

민감한 질문이라 탐정은 재빨리 얼버무렸다.

"모든 가능성을 열어 둔 채 조사하고 있습니다."

다행히 황예은은 코코에게 온 신경을 집중해서 그런지 범인이 누군지는 집요하게 묻지 않았다. 나흘 동안 찾아 헤매던 코코와 만났으니 다른 생각을 하기 어려웠을 것이다. 황예은이 코코를 품에 안고 아파트 현관으로 들어갔다. 그러자 남편 김영학이 탐정에게 물었다.

"어디서 찾은 겁니까?"

"길림아파트 너머 다세대주택들 있는 데서요. 에어컨 실외기 뒤에 있었어요."

"다행이네요. 대체 어떻게 집을 나간 겁니까?"

김영학의 물음에 탐정이 천연덕스럽게 대답했다.

"잘 모르겠습니다. 고양이만 진실을 알겠죠."

"정말 궁금하네요."

"사람이면 거탐을 하겠는데 고양이는 그걸 못 하니까 아쉽네요."

"거탐은 뭔가요?"

"아! 죄송합니다. 거짓말 탐지기를 줄인 말입니다. 모르는 게 약일 때도 있는 법이죠."

탐정의 의미심장한 말에 김영학은 한숨을 쉬었다.

"아무튼 찾아 주셔서 감사합니다. 아내가 너무 슬퍼해서 이러다 큰일이 나는 거 아닌지 걱정했거든요."

"곧 안정을 찾으시겠지요."

"고맙습니다. 사례금은 통장으로 넣어 드리겠습니다."

"알겠습니다. 얼른 들어가 보세요."

김영학은 연거푸 인사를 하고는 집으로 들어갔다. 옆에 서서 그 광경을 지켜보던 노혜숙은 혀를 찼다. 노혜숙은 탐정을 무섭게 쏘아보고는 발걸음을 옮겼다. 아마 근처에 있는 자기 집으로 가는 모양이었다. 탐정은 예나에게 말했다.

"고생했다. 돈 들어오면 절반 줄게."

"고맙습니다."

돈 얘기만 나오면 예의 바른 모습으로 변하는 예나가 배꼽인사를 했다. 탐정은 중절모를 고쳐 쓰고는 성아영에게 손짓으로 이만 가겠다고 인사를 했다. 그러고는 얼른 노혜숙 옆에 따라붙었다.

"안 들어가 보세요?"

탐정의 물음에 고개를 돌려 아들 부부가 사는 아파트를 올려다본 노혜숙이 한숨을 쉬었다.

"고양이나 챙기겠지, 내가 눈에 들어오겠어?"

"이제 며느리가 얼마나 고양이를 아끼는지 아시겠어요?"

"그깟 짐승 하나 때문에 뭔 난리야. 우리 아들 쉬지도 못하고."

탐정이 가볍게 고개를 끄덕이며 말했다.

"그렇죠. 짐승 하나 때문에 평화가 깨졌어요. 아마 코코를 못 찾았으면 더 큰일이 벌어졌겠죠?"

"아무튼 난 이제 모르겠수다. 잘 먹고 잘살라지 뭐."

"며느리는 당연히 모를 거고, 아드님도 아실지 모르겠네요."

"뭘?"

뭔가 낌새를 챘는지 노혜숙의 말투가 거칠어졌다. 주변을 둘러본 탐정은 비어 있는 벤치를 바라봤다.

"무릎도 안 좋으신데 잠깐 쉬었다 가실래요?"

탐정을 잠시 바라보던 노혜숙이 말없이 벤치 쪽으로 갔다. 벤치에 앉은 노혜숙에게 탐정이 물었다.

"올해 연세가 어떻게 되세요?"

"일흔셋."

"아드님이 삼십 대 후반으로 보이던데요."

"서른다섯에 낳았지."

"옛날로 치면 꽤 늦둥이네요."

아들 얘기가 나오자 노혜숙의 표정이 무거워졌다.

"큰아들 낳고 몇 년 동안 소식이 없어서 걱정했었지."

"그래서 더 기뻤겠어요."

"아무렴, 그래서 애지중지 길렀지. 내 아들이라서 그런 게 아니라 정말 잘 컸어."

마침 앉아 있는 벤치에서는 노혜숙의 아들 부부가 사는 아파트가 보였다. 탐정의 눈에는 고개를 든 그녀의 몸이 유독 작아 보였다. 탐정이 나긋한 목소리로 물었다.

"고양이가 그렇게 미우셨어요?"

"밉다마다. 며느리 년이 우리 아들 밥상은 차려 줄 생각도 안 하면서 고양이만 예뻐한다니까."

"그래도 밖에 버리시는 건 너무하셨어요."

탐정의 말에 노혜숙이 흠칫 놀랐다.

"그게 무슨 소리야?"

"평소에 안 다니던 목욕탕을 가서서 이상하다 싶었어요. 직접 그 길을 걸어 보니까 왜 그런지 알겠더라고요. 매일 3시에 떡 나오는 떡집도 피하고, 알리바이도 만드시려고 한 거잖아요."

"이 양반이, 탐정이라더니 순 엉터리구만. 지난번에 얘기했잖아. 며느리 보러 갔는데 집에 없어서 그냥 목욕 갔다고 말이야."

"맞습니다. 2시 55분쯤 며느리에게 전화를 걸었고 운동 중이라는 말에 바로 목욕탕으로 갔다고 말씀하셨죠. 중간에 아파트 경비원이 그걸 목격했고요."

"그러니까 이상한 얘기는 하지 마."

"하지만 전화를 한 건 만나러 가기 위해서가 아니라 며느리의 위치를 파악하기 위해서였지 않습니까? 밖에 나간 걸 확인하고 바로 아들 집으로 가서 코코를 몰래 데리고 나오셨죠. 물론 들키지 않게 목욕 바구니 속에 숨겨서 말이죠. 물론 공범인 경비 아저씨의 도움도 받으셨겠네요."

"무슨 말인지 도통 모르겠어."

"그럼 그날을 재연해 볼까요?"

벤치에서 일어난 탐정은 바바리코트의 깃을 세운 채 아파트 현관을 바라봤다.

엘리베이터를 내려서 현관 밖으로 나온 노혜숙은 불안한 표정으로 주변을 살폈다. 한 손에는 플라스틱 목욕 바구니를 들고 있었는데 수건으로 감싼 부분이 살짝 들썩거렸다. 그러자 노혜숙은 황급히 손으로 수건을 누른 후에 발걸음을 떼었다. 놀이터에 있는 경비실을 지나면서 안쪽을 살핀 노혜숙은 경비원 임혁섭과 눈이 마주치자 반갑게 인사를 했다. 돋보기를 쓴 임혁섭이 물었다.

"목욕 가시나 봐요?"

"네. 며느리 보러 왔는데 집에 없어서, 그냥 목욕이나 가려고요."

경비원 임혁섭과 얘기를 나눈 노혜숙은 아파트 정문을 나섰다. 그리고 지팡이에 의지해서 큰길 대신 산으로 이어진 골목길로 들어섰다. 낮은 언덕으로 이어진 산책로를 한참 걸어간 노혜숙은 인적이 드문 곳에 도착하자 플라스틱 바구니를 바닥에 내려놨다. 수건을 걸고 그 아래 숨긴 코코를 꺼낸 노혜숙은 숲속으로 던져 버렸다. 바닥을 나뒹군 코코가 울음소리를 내자 발 아래에 있던 돌을 집어서 힘껏 던졌다.

"가! 멀리 가 버려!"

코코가 사라진 것을 확인한 노혜숙은 목욕 바구니를 들고 산을 내려왔다. 그리고 평소 가던 곳이 아닌 다른 목욕탕을 가기 위해서 골목길을 돌았다. 먼발치에서 떡집을 힐끔 본 노혜숙은 발걸음을 재촉했다. 10분 정도 더 걸어서 목적지인 목욕탕에 도착한 그녀는 한숨을 쉬고는 안으로 들어섰다. 카운터에 돈을 내고 얼른 유리문을 열고 여탕 안으로 들어갔다.

탐정의 얘기를 들은 노혜숙은 벌컥 화를 냈다.

"말도 안 되는 소리야. 목욕탕을 바꾼 건 때밀이 때문이었어. 거기 때밀이가 더 시원하게 밀어 준다고."

"할머니 계획은 완벽했습니다. 머리도 잘 쓰셨고요. 하지만 그날 할머니가 만난 사람들이 전부일까요? 산에 올라갈 때 가로등에 붙은 CCTV는 못 보셨죠? 골목길에 세워진 자동차 블랙박스들 뒤져 보면 산으로 가는 할머니 모습이 남아 있을 겁니다."

노혜숙이 무릎 위에 올린 손을 부들부들 떠는 것을 본 탐정이 물었다.

"만약 이 사실을 며느리가 알면 어떻게 될 거 같습니까?"

"알든 말든 무슨 상관이야."

"고양이를 얼마나 좋아하는지 보셨잖아요. 이혼한다고 나설지도 몰라요."

"무슨, 말도 안 되는 소리 하지 마."

"사실 그걸 걱정하셨잖아요. 안 그랬으면 굳이 고양이를 몰래 버릴 필요는 없었겠죠."

탐정의 이야기에 노혜숙은 반론을 펴지 못했다. 잠시 침묵을 지키던 노혜숙은 벌떡 일어나서 놀이터를 가로질러 갔다. 탐정은 잠자코 뒤따랐다. 놀이터를 나와 정문 쪽으로 걷던 노혜숙이 뒤에 오는 탐정에게 물었다.

"그런데 내가 산에 고양이를 버린 건 어떻게 알았어?"

"신발이요."

그 말을 듣고 노혜숙은 자신의 발을 내려다봤다.

"내 신발이 왜?"

"지금은 떨어졌지만 지난번에 보니까 노란색 코스모스 꽃잎이 묻어 있더라고요. 허리가 안 좋으셔서 멀리 못 걷는 분이 어떻게 신발에 꽃잎이 묻었을까 생각해 보니까 답이 나왔습니다."

"그것만으로?"

"거기다 붙잡은 고양이를 보니까 귀에 같은 꽃잎이 붙어 있더라고요."

"젊은 양반이라 그런지 똑똑하구만."

칭찬인지 비아냥인지 모를 말에 탐정이 싱긋 웃었다.

"이게 제 일이니까요."

"난 자식을 위해서 할 일을 한 거야."

혀를 찬 노혜숙이 고집스럽게 말했다. 뒤따라간 탐정이 조용히 말했다.

"며느리를 어떻게 생각하십니까?"

"걔? 똑똑하지. 눈치도 빠르고. 근데 고집이 너무 세. 고양이에 홀딱 빠진 것도 마음에 안 들고."

"며느리는 할머니를 어떻게 생각할까요?"

갑자기 노혜숙이 발걸음을 멈추고 돌아섰다.

"어떻게 생각하긴, 시어머니로 생각하겠지."

"사람들 사이의 관계는 성격이나 취향으로 결정되기도 하지만 지금처럼 관계에 의해서 결정되기도 합니다. 두 분은 시어머니와 며느리로 만났습니다. 아드님이 황예은 씨와 결혼하지 않았다면 평생 마주칠 일이 없었겠죠."

"그렇긴 하지."

"제가 보기에는 거기서부터 문제가 시작된 것 같아요. 서로 만날 준비가 안 된 사람이 누군가에 의해서 만나게 되었잖아요. 아드님 과 며느리는 서로 좋아했지만 며느리와 시어머니는 그런 사이가 아니었으니까요."

"그래서 하고 싶은 얘기가 뭐요? 탐정 양반."

"서로 다르다는 겁니다. 사랑으로 뭉친 부부도 아니고, 중간에 낀 누구 때문에 만난 거잖아요. 그러니까 다르다는 걸 인정해야 한다는 뜻이죠."

"그래서 내가 지금까지 얼마나 많이 참았는데."

노혜숙이 분을 억누르며 떨리는 목소리로 말하자 탐정이 고개를 저었다.

"참았다고 생각하니까 하나부터 열까지 다 미워 보이겠죠. 결혼 생활은 두 사람이 하는 거고 아이도 두 사람이 키울 겁니다. 물론 옆에서 지켜보시겠지만 말이죠."

"탐정 양반은 결혼 안 했지? 그러니까 내 심정 모를 거야."

"마음을 안다고 바뀌는 건 없습니다. 코코를 그냥 놔두세요."

"애가 잘못되면 어쩌려고?"

"코코가 없어지면 며느리가 잘못될 수도 있어요. 며느리랑 평생 안 보고 지내고 싶으세요?"

노혜숙이 인상을 찌푸렸다.

"그깟 고양이 한 마리 때문에 며느리가 날 어쩌지는 못할 거야."

"맞습니다. 그깟 고양이죠. 하지만 할머니에게 고양이를 갖다 버리라고 한 사람이 있다는 게 밝혀지면 얘기가 달라지지 않겠습니까?"

노혜숙은 탐정의 말에 아무 대답도 못 하고 눈만 껌뻑거렸다. 고개를 돌린 탐정은 경비실 밖으로 목을 길게 빼고 지켜보던 임혁섭을 바라봤다. 탐정과 눈이 마주친 임혁섭은 찔린 표정으로 도로 쏙 들어갔다.

"저 경비 아저씨가 유독 고양이를 싫어한다는 증언을 확보했어요. 그리고 두 분이 좀 친하시죠?"

"아니야, 아니라고."

"조사를 하면서 좀 풀리지 않는 의문이 하나 있었어요. 바로 황예은 씨가 밖에 나가는 시각을 정확하게 알고 딱 맞춰서 전화를 했다는 겁니다. 만약 출발 전이었다면 예은 씨가 안 가고 기다리겠다고 했겠죠. 반대로 너무 늦으면 목욕탕에 갔다는 알리바이를 만들 수 없고 말입니다."

"우연이었어. 개가 언제 밖에 나가는지 어떻게 알고 맞춰서 전화를 해."

"누군가 도와준다면 가능하죠. 며느리가 요가 학원을 가기 위해서 집을 나서는 걸 지켜본 누군가가 알려 준다면 시간을 맞춰서 전화를 걸 수 있었을 겁니다."

탐정의 말에 노혜숙은 우두커니 서 있기만 했다. 탐정은 그런 노혜숙에게 말했다.

"혹시 동물권이라는 얘기 들어 보셨습니까?"

"그건 또 뭔데."

"동물도 사람처럼 권리가 있다는 뜻입니다. 오락이나 돈벌이 수

단으로 보지 말아야 한다는 것이죠."

"살다 살다 별꼴을 다 보네."

"맞습니다. 세상 참 많이 변했죠? 그리고 세상은 변하는 게 맞습니다. 우리가 옛날처럼 여자는 집에서 살림하고 애만 키우고 남자들은 농사만 지었으면, 이렇게 살 수 없었을 테니까요."

"그래서 무슨 얘기를 하고 싶은 건데? 탐정 양반."

"코코를 가만 놔두세요. 한 번 더 문제가 생기면 평생 아들과 손주를 못 볼 겁니다. 경비원 아저씨도 잘릴 거고요."

"지금 노인네를 협박하는 거야?"

노혜숙의 얘기에 탐정이 고개를 저었다.

"아뇨. 충고입니다. 변하는 세상에 맞추세요."

노혜숙은 뭔가 반박하려다가 입을 다물고는 고개를 끄덕였다. 탐정은 노혜숙에게 잘 있으라는 말을 남기고 사무실로 향했다. 해가 떨어질 기미가 보이자 고양이들이 여기저기서 하나둘 모습을 드러냈다.

"똑똑똑."

사무실에 앉아서 낮잠을 자던 탐정은 누군가 문을 두드리는 소리에 고개를 들었다.

"들어오세요."

양복 차림의 사내가 문을 열고 들어서자 탐정은 아무 말 없이 책상 너머의 의자를 가리켰다.

"팔자 좋아 보이는군."

의자에 앉은 남자가 부드럽게 미소를 지었다.

"나쁘지 않아."

탐정의 대구에 남자는 의자에 앉은 채 사무실을 천천히 살폈다.

"이래서 운영이 되나? 사무실은 언덕 꼭대기에 있어서 오기도 힘들고, 간판도 없으니."

"그게 어때서?"

탐정의 반문에 남자는 목을 이리저리 돌리며 말했다.

"이런 곳에서 썩고 있기에는 자네 실력이 너무 아까워. 그렇다고 아예 이 바닥을 떠난 것도 아니고."

"그냥저냥 일하는 중이야. 입에 풀칠은 해야 하잖아."

"보험사기꾼이랑 불륜 남녀를 상대로 말이야? 이거 기가 막힐 노릇이군."

"염탐하러 온 건 아니겠고, 일 얘기를 하러 온 것 같은데 본론으로 얼른 들어가지."

예리한 말에 움찔한 사내가 허허 웃었다.

"성질은 여전하군. 자네가 꼭 맡아 췄으면 하는 사건이 있어서 의뢰하러 왔어."

그의 말에 흥미를 느낀 탐정이 눈빛을 반짝였다.

"뭔데?"

"그러니까……."

그때 꽝 하는 소리와 함께 문이 열리면서 예나와 성아영이 들어왔다. 성아영이 탐정에게 말했다.

"큰일 났어요."

"무슨 일인데요?"

"고양이 킬러 X가 나타났어요."

"우리 동네에 말입니까?"

성아영은 숨을 헐떡거리면서 고개를 끄덕였다. 성아영과 함께 온 예나가 발을 굴렀다.

"그렇다니까요. 저기 대동슈퍼 고양이를 훔쳐 갔대요."

"알았어."

자리에서 벌떡 일어난 탐정이 서둘러 바바리코트를 걸쳤다. 그 광경을 본 손님이 어이없다는 표정으로 물었다.

"지금 고양이를 찾으러 가는 거야?"

"급해. 진짜 나쁜 놈이 나타났거든."

"내가 가지고 온 사건은……."

"금방 올게!"

탐정은 그의 말이 미처 끝나기도 전에 문을 닫고 나갔다. 그리고 성아영과 예나도 그의 뒤를 따라 서둘러 계단을 뛰어 내려갔다.

"내 사건은 고양이한테 밀린 건가."

양복 차림의 남자는 탐정이 떠난 빈 의자를 멍하니 바라봤다.

작가의 말

사람이 고양이와 친구가 된 것은 아주 오래전 일입니다. 고대 이집 트와 삼국시대 신라에서 그 흔적을 발견할 수 있답니다. 저에게도 고양이와 얽힌 추억이 선명하게 남아 있습니다. 벌써 이십 년 전 일이네요. 당시 어머니가 고속버스터미널에서 신문 가판대를 하셨 는데 따로 일손을 구하지 못해서 저와 남동생이 가끔 돌아가면서 도와드리곤 했습니다. 비가 오던 어느 가을날, 가판대에 무료하게 앉아 있던 남동생 앞에 작은 새끼 고양이가 나타났답니다. 그러고 는 꼬물꼬물 기어와서는 남동생 다리를 폭 끌어안았다고 합니다. 놀란 동생이 발을 흔들자 데굴데굴 굴러갔는데 다시 기어와서는 남동생에게 매달렸다고 하더군요. 남동생은 결국 고양이를 난로 옆에 놓고 우유를 사다 먹였습니다. 그리고 가방에 넣어서 집에 돌 아왔습니다. 그동안 강아지는 몇 번 키워 봤어도 고양이는 처음이 었기 때문에 다들 난감해했고, 특히 어머니가 심하게 반대하셨는 데 어찌어찌해서 고양이는 우리 가족이 되었습니다. 재미있는 건 싫어하던 어머니가 나중에는 가장 좋은 집사가 되셨다는 거예요. '냥냥이'라는 이름도 붙여 주셨지요. 고양이를 싫어하던 어머니가 좋아하게 된 이유는 간단합니다. 새벽에 일을 나갈 때 따라 일어나서 배웅했고, 집에 돌아오면 앞에서 발라당을 했거든요. 고양이 집사들은 잘 알겠지만, 고양이와 산다는 것은 변화무쌍한 삶을 그려 나가는 것과 같습니다. 냥냥이는 어머니가 스웨터를 만들려고 가져다 놓은 털실이나 두루마리 화장지를 먹을 걸로 오해해서 뜯어 먹었어요. 출근하는 누나의 하이힐에 오줌을 싸 놓은 적도 있었죠. 결정적으로 열린 문으로 탈출해 하룻밤 가출을 감행해서 어머니가 뜬눈으로 밤을 새우는 일도 있었답니다. 집 나간 냥냥이는 다음 날 눈두덩에 커다란 상처를 입은 채 옆집 트럭 아래에서 발견됐습니다. 냥냥이는 그렇게 식구로 지냈습니다. 그리고 십 년 전 폐렴으로 우리 곁을 떠났죠. 그때의 기억들이 이번 글을 쓰게 만든 원동력이 되지 않았나 싶습니다.

우연찮게 집 나간 고양이를 찾아 주는 고양이 탐정이 존재한다는 걸 알았습니다. 신기한 직업이라는 생각과 함께 전직 집사로서 반드시 필요한 직업이라는 생각이 동시에 들었죠. 자연스럽게 고양이 탐정 이야기를 모으기 시작했고, 좋은 기회를 얻어서 도서출판 다른에서 책을 내게 됐습니다. 저는 다른출판사와 남다른 인연이 있답니다. 저에게 첫 번째로 청소년 소설을 청탁해 준 곳이 바로 다른출판사입니다. 이번에도 모험을 감행해 책으로 내는 호의를 베풀어 주셨습니다.

이 책은 단순히 고양이를 찾는 탐정의 이야기를 담고 있는 게 아닙니다. 고양이를 사랑할 수밖에 없거나 증오할 수밖에 없는 사람들의 이야기이기도 합니다. 고양이를 사랑하는 집사와 캣맘들이 있는 반면, 아무 이유 없이 고양이를 죽이고 학대하는 사람들도 있습니다. 이 책에는 그 모든 이야기가 담겨 있습니다. 고양이를 둘러싼 다양한 삶을 그려 보고 싶은 제 마음을 표현한 것이죠. 글을 쓰다 보니까 욕심이 좀 생겼습니다. 주인공인 탐정에게 고양이를 좀 더 알아 가게 하는 기회를 주고 싶다고 말이죠. 소설이 아닌 현실에서도 집사들의 힘을 보여 준다면 고양이들에게 큰 도움이 될 것입니다.

저는 이야기의 힘을 믿습니다. 이야기는 저를 변화시켰고, 제 주변을 바꿔 놨습니다. 이 책을 읽고 많은 분이 왜 우리가 고양이와 함께 살아가야 하는지를 생각해 봤으면 좋겠습니다. 고양이가 사라진 세상만큼 삭막한 세상은 없을 테니까요.

오늘의
청소년
문학
21

어쩌다 고양이 탐정

초판 1쇄 발행	2017년 11월 20일
초판 3쇄 발행	2019년 6월 30일

지은이	정명섭
펴낸이	김한청
편집	서유경
마케팅	최원준, 최지애, 신현정
디자인	김규림

펴낸곳	도서출판 다른
출판등록	2004년 9월 2일 제2013-000194호
주소	서울시 마포구 동교로27길 3-12 N빌딩 2층
전화	02-3143-6478
팩스	02-3143-6479
블로그	blog.naver.com/darun_pub
트위터	@darunpub
페이스북	/darunpublishers
이메일	khc15968@hanmail.net

ISBN 979-11-5633-182-7 44810
ISBN 978-89-92711-57-9 (세트)